LUIZ ANTONIO AGUIAR

Ilustrações
ROGÉRIO SOUD

Machado e Juca

Coleção Jabuti
Aventura

Acervo básico 1999 da FNLIJ

7ª edição

Editora Saraiva

Editora: CLÁUDIA ABELING-SZABO
Assistente editorial: NAIR HITOMI KAYO
Suplemento de trabalho: LUIZ ANTONIO AGUIAR
Supervisão de revisão: LIVIA MARIA GIORGIO
Gerência de arte: NAIR DE MEDEIROS BARBOSA
Supervisão de arte: VAGNER CASTRO DOS SANTOS
Diagramação: MAURO MOREIRA
Produtor gráfico: ROGÉRIO STRELCIUC
Impressão e acabamento: GRÁFICA PAYM

Dados Internacionais de Catalogação na Publicação (CIP)
(Câmara Brasileira do Livro, SP, Brasil)

Aguiar, Luiz Antonio
Machado e Juca / Luiz Antonio Aguiar; ilustrações Rogério Soud. — 7. ed. — São Paulo : Saraiva, 2009. — (Jabuti)

ISBN 978-85-02-08215-1

1. Literatura infantojuvenil I. Soud, Rogério. II. Título. III. Série.

99-1576 CDD-028.5

Índices para catálogo sistemático:

1. Literatura infantojuvenil 028.5
2. Literatura juvenil 028.5

11ª tiragem, 2019

Editora Saraiva

Avenida das Nações Unidas, 7.221 – Pinheiros
CEP 05425-902 – São Paulo – SP
Tel.: 4003-3061
atendimento@aticascipione.com.br
www.coletivoleitor.com.br

CAE: 571353
CL: 810058

Coleção Jabuti Aventura

Editora Saraiva

Machado e Juca

LUIZ ANTONIO AGUIAR

Apreciando a Leitura

■ Bate-papo inicial

Rio de Janeiro, final do século XIX, cidade de ruas sem calçamento, iluminação precária, repleta de vendedores ambulantes e de personagens fascinantes. Juca tinha 13 anos, trabalhava como engraxate e carregador de compras. Guardava dinheiro para realizar seu sonho de um dia abrir uma sapataria — a *Chez Jucá* — na elegante rua do Ouvidor. Um dia, conhece o grande escritor Machado de Assis e sua mulher, Carolina. No início, estranha um pouco o jeito sisudo de Machado e sua casa, com tantos livros. Mas, uma noite, D. Malu, a patroa da mãe de Juca, desaparece. E as suspeitas recaem sobre o marido de D. Malu, Tiago Matacavalos, um homem agressivo e mesmo... sinistro. Para desvendar o mistério, Machado contrata espiões, pula janelas e invade residências. E o garoto e o escritor passam a viver uma aventura. À medida que aumentam os perigos, Juca afeiçoa-se cada vez mais a Machado e Carolina, mas permanece sempre intrigado com a figura do escritor. Afinal, quem era Machado de Assis?

Analisando o texto

1. O vendedor de cocadas, o leiteiro conduzindo sua vaca e o bezerro, o vendedor de vassouras e o burro sem rabo faziam parte do comércio ambulante predominante no século XIX. As pessoas se abasteciam do que precisavam para o dia a dia do lar nesses ambulantes, que transitavam sem cessar pelas ruas. Os alimentos, por exemplo, eram todos frescos e o que se comia era feito em casa. Compare esse modo de abastecer a casa com o de hoje em dia e diga quais são as diferenças. O que isso pode ter a ver com a mudança do estilo de vida das pessoas? A propósito, o que é um burro sem rabo?

R.: ____

____

____

____

____

____

____

____

2. A rua do Ouvidor no século XIX representava o Rio de Janeiro culto, rico, elegante, com seu comércio de artigos, modas e costumes das grandes capitais europeias. Segundo o narrador, a língua francesa chegava a ser falada no interior das lojas mais chiques. O francês era a língua estrangeira que as pessoas procuravam aprender, porque o Brasil elegante e culto queria se parecer com a Europa, com a França. Atualmente, no Brasil, quais as línguas estrangeiras valorizadas e por quê?

R.: ____

____

____

____

____

____

3. O estudante diz a Juca que Machado de Assis acabara de publicar o livro *Dom Casmurro*. Procure saber em que ano foi publicado *Dom Casmurro* e assim você saberá em que ano se passa a história.

R.: ______________________________

____

4. Segundo o texto, como você descreveria Machado de Assis? E a sua mulher, Carolina?

R.: ______________________________

____

____

____

____

____

5. Juca refere-se a Machado de Assis como Presidente? Por quê?

R.: ______________________________

____

____

____

6. Diga a razão da seguinte observação de Machado ao chegar em casa e se deparar com Juca no seu lugar à mesa: "Eu dizia sem moscas... Sem moscas, eu dizia!" (Cap. 6 — Histórias para engraxar).

R.: ______________________________

____

____

____

7. A família Machado de Assis e a Matacavalos moravam em sobrados na rua das Laranjeiras. Juca morava num cortiço, em Botafogo. Naquela época, os sobrados e cortiços eram moradias comuns da população. Explique o que são sobrados e cortiços. Que tipos de moradia existem

Capitu, morava na Rua Matacavalos. O Conselheiro — aqui, amigo de Machado — é o Conselheiro Aires, personagem dos romances *Esaú e Jacó* e *Memorial de Aires*. A dupla Simão e Quincas também vem da obra de Machado. Simão Bacamarte é o médico que internou a cidade inteira no hospício, em *O alienista*, e Quincas é o filósofo exótico que faz uma aparição em *Memórias póstumas de Brás Cubas* e outra em *Quincas Borba*, no qual também encontramos um cachorro de mesmo nome. Mais do que isso, a obra de Machado é povoada de cartomantes, videntes, ambulantes e de todo um espírito próprio da época.

Alguns veem Machado como o melhor retratista dos costumes e dos problemas do seu tempo. Outros ressaltam sua capacidade de expor a alma humana. Machado é também um enigma. Um escritor que, às vezes, parece ter uma visão impiedosa — e mesmo debochada — da vida e das pessoas, combinada a um homem que amava a vida caseira, dedicado ternamente à sua Carolina. Num ponto, concordam: a mágica da criação literária — a composição de histórias e personagens que nos emocionam e intrigam —, no Brasil, teve seu momento máximo e, até hoje, inigualável com Machado de Assis.

Para qualquer comunicação sobre a obra, entre em contato:

SAC
0800-0117875
De 2ª a 6ª, das 8h30 às 19h30
www.editorasaraiva.com.br/contato

Escola: ____________________

Nome: ____________________

____

Ano: __________ Número: __________

16. Pesquise sobre a vida de Machado de Assis e escreva uma pequena biografia do escritor. Já há algumas dicas no texto. Ele nasceu muito pobre, ficou órfão quando criança e precisou lutar um bocado para conseguir estudar.

Só para você pensar um pouco

Há mais de cem anos...

Machado e Juca é ambientado no Brasil de 1899. Naquela época, o país tinha 17 milhões de habitantes e 80% da população vivia no campo. Quase não havia indústrias e a agricultura era a atividade econômica predominante. O Rio de Janeiro, que dez anos antes deixara de ser a Corte do Império, e agora era a Capital da República, tinha 500 mil habitantes, dos quais 200 mil viviam numa condição social que se chamaria, hoje, de abaixo da linha da pobreza: eram os absolutamente miseráveis. A expectativa de vida era muito menor — 39 anos, em média, contra os 68 anos de hoje. Um homem de 50 anos era considerado um velho. Morriam 240 bebês para cada mil nascidos — hoje, no Brasil, morrem 34 bebês por mil nascidos, uma média ainda tristemente superior a dos países desenvolvidos.

As moças tinham como ideal um casamento repleto de filhos — as famílias tinham 8 filhos, em média, comparados aos 2,2 atuais. Fazer um bom casamento, com um cônjuge de posses, era uma das maiores preocupações da época. As famílias precisavam ser vistas aos domingos, reunidas na igreja para assistir à missa, ou haveria falatório entre os vizinhos. Separação de casais era algo impensável. Na igreja, as mulheres sentavam-se de um lado e os homens, do outro.

A vida era mais tranquila e, talvez, mais ingênua (Machado discordaria disso!). Ou, pelo menos, as mudanças eram mais lentas. Pudera! Só para se ter uma ideia, levavam-se quatro horas e meia para se deslocar da cidade do Rio de Janeiro a Petrópolis, uma cidade serrana próxima, que hoje, de carro, se alcança em aproximadamente 40 minutos. Não havia nada nos céus além de aves, e ainda se discutiria por alguns anos se viajar nos bondes elétricos seria prejudicial à saúde, por conta da misteriosa e invisível energia que os movia, fascinante novidade daqueles tempos, cujos efeitos nas pessoas ainda eram desconhecidos.

Um escritor esquisito...

Os contos e romances de Machado de Assis têm segredos. Por exemplo, *Dom Casmurro*, publicado no ano em que se passa *Machado e Juca*, por muito tempo foi lido como a história da infiel Capitu que teria traído seu infeliz marido, Bento Santiago. Nos anos 50, nos EUA, a crítica americana Helen Caldwell, em seu livro *The Brazilian Othelo*, chamou a atenção para o fato de *Dom Casmurro* ser uma história contada por Bentinho, baseada nas suspeitas que ele alimentou e no seu exagerado ciúme. Em nenhum momento do romance Capitu teve chance de expor seu lado da questão. Assim, o público brasileiro condenou Capitu sem lhe dar direito à defesa. Levou meio século para ser percebida a armadilha criada por Machado de Assis em *Dom Casmurro*.

Além de basear o personagem Machado em biografias do escritor, *Machado e Juca* é cheio de referências a personagens de sua obra. Tiago Matacavalos é uma alusão clara a Bento Santiago, que, quando começou seu namoro com em sua cidade: favelas, condomínios fechados, conjuntos habitacionais...? Como eles são?

R.: ____

____

____

____

8. Diante de Machado de Assis, Juca teve uma ideia que o narrador (numa referência a um trecho de *Memórias póstumas de Brás Cubas*) descreve como "grandiosa e útil, a pendurar-se, agitar os braços e balançar-se, confiada e confiável, em seu cérebro, como se ali dentro houvesse um trapézio" (Cap. 9 — De autoria defunta). Por que a ideia de Juca seria confiada e confiável?

R.: ____

____

____

____

____

____

____

9. Ainda detendo-se à ideia de Juca, o narrador comenta que, ao começar a expô-la, "o raciocínio dá-lhe cambalhota e, em vez de sair pelo princípio, de cabeça, saiu de rabo" (Cap. 9 — De autoria defunta). Explique o que realmente aconteceu.

R.: ____

____

____

____

____

____

____

10. Numa das conversas com Machado, Carolina adverte que ele não a engana, reclamando que não foi com um ser "encruado" que ela se casou (Cap. 11 — Somente uma história de amor). O que você entende por encruado? Qual a razão dessa reclamação de Carolina?

R.: ____

____

____

____

____

____

11. Juca conta para o casal Assis que sua mãe viu Matacavalos sair de casa com "uma cara de Deus me livre" (Cap. 20 — A casa do Sr. Matacavalos). Machado ficou sem saber o que a mãe do Juca quis dizer com essa expressão. Por que você não tenta explicar a ele?

R.: ____

____

____

____

____

12. Depois de ouvir sobre a pequena aventura que Machado viveu com Juca, em que ele pulou a janela para invadir a casa de Matacavalos, o Conselheiro observa que se contasse o caso na Livraria Garnier todos iriam se sentir menos oprimidos na presença de Machado (Cap. 32 — De vintém em vintém). Por quê?

R.: ____

____

____

____

____

13. Após o susto que passou diante de Matacavalos, juntamente com Juca, Machado passa a concordar com Carolina que aquilo tudo não fazia parte de um mundo em que ele podia ter o controle do enredo e dos personagens. Explique esse comentário de Machado.

R.: ______________________________

14. Há diferenças no jeito de ser entre o Machado do início da história e o do final da história? Por quê?

R.: ______________________________

■ Redigindo

15. Machado de Assis trabalhou em seus livros com a geografia do Rio de Janeiro, mencionando suas ruas, vielas e becos. Entre as ruas, sobressaía-se a rua do Ouvidor que, segundo Machado, resumia o Rio de Janeiro e era considerada a via dolorosa dos maridos pobres. Hoje, apesar de conservar a arquitetura razoavelmente inalterada, a rua do Ouvidor está empobrecida e invadida por uma horda de ambulantes. Mas, nos tempos de Machado, nenhum logradouro exercia fascínio semelhante. Pesquise, procure fotos e reportagens da época e descubra por que a rua do Ouvidor era tão atraente. O que ela significava para a Capital da República?

É que tudo se acha fora de um livro falho, leitor amigo. Assim preencho as lacunas alheias; assim podes também preencher as minhas.

Machado de Assis em D. Casmurro, *1899.*

1 Um garoto de negócios

— Sinhazinha qué cocada hoje? — perguntou o negro, arriando a bandeja diante da moça, cujos olhos brilharam imediatamente. Ligeira, procurou na bolsa uma moeda e a entregou ao ambulante, que lhe passou uma belíssima cocada morena, quadrada, exalando o cheiro forte de coco e de calda de açúcar.

O negro equilibrou novamente a bandeja em cima da cabeça e saiu cantarolando a musiqueta que lhe servia de pregão para vender suas cocadas, como servira a seu pai e, segundo se dizia, até a seu avô, antes deles. Quase todas as crianças do bairro a sabiam de cor e a repetiam, em suas brincadeiras. Ia assim, a cantiga:

Chora, menina, chora,
chora porque não tem vintém.
Pede à mamãe, menina,
compra cocada pra ela também.

Juca tinha 13 anos e adorava cocada. Cada vez que a voz do negro se aproximava, começava sua aflição. Sua boca pedia cocada; seus olhos já se enchiam de lágrimas. Lágrimas não de choro, mas do esforço para resistir à tentação, principalmente quando o negro — que parecia adivinhar a luta que Juca travava consigo mesmo — baixava a bandeja e levantava a toalhinha, muito branca, exibindo as cocadas, junto do ponto — uma árvore na junção da Rua das Laranjeiras com o Largo do Machado — onde Juca postava-se com seu cesto de carregar compras e sua caixa de engraxate. Com orgulho, Juca chamava aquele exato lugar de *minha* loja.

Chora, menina, chora,
chora porque não tem vintém.
Pede ao noivo, menina,
compra cocada pra ele também.

O negro tinha três ou quatro variações de sua cantiga. E uma voz cheia de poderes. Ou, então, seriam as cocadas. Tanto que, de longe, escutava-se já quando ele vinha chegando, e isso apesar do chocalhar das ferragens dos bondes puxados por burros. E sua voz soava mesmo mais alta do que a dos demais vendedores ambulantes: o leiteiro, conduzindo sua vaca e o bezerro atrás de si; outro, com um feixe de vassouras às costas, o burro sem rabo — um carrinho cheio de verduras; mais outro, bradando as delícias de seu mocotó; e ainda os vendedores de carvão, de cebolas, de doces variados e de miudezas, tornando o Largo uma grande e animada feira ao ar livre.

O negro, naquela tarde em especial, talvez acreditando que, dessa vez, fosse vencer seu duelo particular com Juca, não cobriu as cocadas de imediato com a toalhinha, como de hábito. Ao invés disso, sentou-se no chão e, sacando de um guardanapo, passou a ajeitá-las na bandeja, uma a uma, cuidadosamente... vagarosamente. Juca, sofrendo um horror, resistia.

Não que fossem mal os negócios de Juca. Mas, obstinadamente, o garoto havia decidido poupar cada vintém ganho com seu trabalho, até aquele que evitava gastar com a cocada que o negro parecia lhe oferecer com um sorriso desafiadoramente aberto, as gengivas vermelhas à mostra, como que certo de que, mais dia, menos dia, triunfaria.

Chora, menino, chora,
chora porque não tem vintém.

O negro afastou-se, sempre cantando. Juca respirou aliviado. Para se consolar, enfiou a mão no bolso da calça e brincou um pouco com as moedinhas que ganhara naquele dia. Fora um bom dia, sem dúvida, como eram todos, depois de uma noite de chuva. A *loja* ficava bastante movimentada. Ocorria que a Rua das Laranjeiras ficava tão enlameada que, às vezes, podia-se descer desde o Cosme Velho sem encontrar onde atravessar para a outra calçada. Finalmente, alguém necessitado de tomar o bonde no Largo, ou uma carruagem para ir ao escritório, ou, depois do almoço, para chegar à Rua do Ouvidor — rua da moda, onde as novidades aconteciam e as pessoas eram notadas —, precisava mesmo é meter o pé na lama. Ora, não querendo esse alguém, muito justificadamente, ir nem a um lugar nem a outro com os sapatos sujos, lá encontrava o Juca, sempre pronto a livrar a pessoa de seu problema.

De fato, a excelente localização da *loja* de Juca garantia o sucesso nos negócios. E tanto na ida quanto na volta. Isso porque, descendo alguém no Largo do Machado, ali onde os ambulantes se concentravam, para fazer suas compras, como faria para levá-las Rua das Laranjeiras acima, e mesmo até o Cosme Velho, se lá o garoto não estivesse, todo final de tarde, com seu cesto salvador? Havia mesmo quem encomendasse o serviço com antecedência, para que não lhe faltasse o cesto de Juca:

— Às cinco então, Juca?

— Estou esperando aqui pela senhora, D. Bina! Sem falta!

E o garoto sempre cumpria o combinado. Por isso, ia ganhando freguesia, tornando-se conhecido; já havia pessoas habituadas a contar com Juca e apenas com ele.

"Cada vintém seguro no bolso, mais perto estou de

ter uma loja de verdade", pensava o garoto, imaginando-se no futuro com uma sapataria, talvez numa das ruas do centro, atendendo a moças e senhoras, e mesmo a cavalheiros elegantes. Teria também luvas, bengalas, chapéus, alguns importados da Europa. E se fosse para instalar-se, quem sabe, na própria Rua do Ouvidor, talvez tivesse de aprender a dizer em francês os nomes dos artigos que seu estabelecimento pusesse a venda... Já havia dado seus passeios pela Rua do Ouvidor, e sabia que o francês, principalmente no interior das lojas mais chiques, era a língua que se falava por lá.

Chez Jucá, esse seria o nome da loja, que já aprendera a pronunciar, como aprendia com facilidade tudo o que acreditasse que poderia ajudá-lo a vencer na vida... Fora por isso que aprendera a ler sofrivelmente e a fazer contas, com razoável perícia, com uma professora já idosa, sua vizinha — pagou-lhe dez vinténs a aula; era pouco, mas a senhora aceitava de boa vontade o serviço. Gostava de Juca, admirava a ambição do menino. E ele seguia imaginando, entre uma e outra engraxada, entre uma e outra entrega, ao juntar mais uma moedinha no bolso de sua calça — uma calça já sem cor, remendada, mas sempre mantida limpa pela mãe ("Aparência ajuda nos negócios", defendia Juca.) — e a cada vez que impedia a si mesmo de chamar o negro e comprar a cocada em que sonhava cravar os dentes.

O ponto de Juca trazia-lhe uma vantagem adicional. Sua mãe trabalhava como criada numa residência na Rua das Laranjeiras. A patroa, uma boa senhora, jovem ainda, afeiçoara-se muito à mãe do garoto, e mesmo ao Juca. Graças a isso, Juca, toda manhã, ia com a mãe até a porta do sobrado, esperava do lado de fora, no portão, e logo ela lhe trazia um copo de leite e um pão com manteiga —

com a permissão da patroa, embora Juca, pelo jeito da mãe de lhe trazer tudo embrulhado, e do lado de fora da residência, suspeitasse que o dono da casa não tivesse sido informado. A pequena refeição sustentava o garoto por todo o dia, até que, ao cair da noite, a mãe vinha ao seu encontro no Largo, com mais um lanche, dessa vez reforçado por um par de bananas, ou mesmo por um pedaço de queijo.

Não gastar para comer era, sem dúvida, uma das grandes sortes de Juca. Senão, ou ia passar o dia com fome, como muitos outros garotos de sua idade que trabalhavam nas ruas, ou boa parte do seu ganho — "Minha loja na Rua do Ouvidor" — iria parar em mãos alheias.

Juca e a mãe moravam num cortiço, em Botafogo, chamado pomposamente de Estalagem São Romão. Eram umas casinhas apinhadas, erguidas de folhas de madeira fina. Havia ratos, gente demais. No verão o calor era terrível, mas a situação ainda era melhor do que a de quem morava nas favelas. No terreno comum do cortiço, pelo menos, havia uma bica, e água em abundância. Os moradores eram funcionários públicos escalados para funções mais humildes e empregados domésticos ou pessoal que atendia em lojas de varejo. Gente pacata, ao contrário dos valentões que se encontravam em habitações ainda mais pobres. Eram famílias, em sua maioria, nas quais todos trabalhavam ou no Centro ou nas residências de Laranjeiras e de Botafogo. Morando perto do trabalho, não gastavam com o bonde. O salário da mãe, como criada, garantia a ela e ao filho — e eles só tinham um ao outro, no mundo — aquela casinha alugada e uma boa sopa na mesa, no jantar, pelo qual a mãe agradecia a Deus...

— E à minha patroa! — repetia constantemente a mãe de Juca. E completava: — Coitada dela.

— Coitada por quê? — estranhava Juca. — Mora naquele casarão. Veste bem, não precisa trabalhar... Só fica lendo...

— Romances! Ela adora ler romances. Mesmo assim... Coitada dela! — e suspirava, olhando para o céu aflita. — O pior na vida da gente é ser infeliz no casamento, meu filho.

Juca dava de ombros e recontava suas moedinhas, antes de guardá-las num saco de lona, que ocultava debaixo de seu colchão. Geralmente, essas conversas aconteciam já de noite, à luz de uma vela, pouco antes de dormirem.

Mesmo entre os garotos de sua idade, Juca era o que se poderia chamar de baixinho. Talvez por isso, por não ser páreo para os outros garotos nas brigas, aprendera a ser esperto, ou, pelo menos, a formular para si mesmo algumas *leis da esperteza*. E uma delas, uma das mais importantes, era economizar... Não apenas dinheiro, mas também energia. Se a patroa de sua mãe tinha problemas, o dele era acordar bem-disposto, a cada manhã, para poder trabalhar direito e trazer mais moedas para casa: "Chez Jucá!", repetia, em pensamentos, antes de fechar os olhos para dormir.

Juntando tudo isso, portanto, naquele final de tarde anunciando chuva outra vez para logo mais à noite, Juca tinha todas as razões que considerava importantes no mundo para sentir-se satisfeito. Os negócios iam bem, de fato; sua bolsa debaixo do colchão engordava aos bocadinhos, mas engordava; não se ouvia mais a voz do negro apregoando as cocadas, o movimento da rua começava a se intensificar e logo começariam a aparecer os fregueses, recorrendo ao seu cesto, enfim... Tudo como ele achava que deveria ser.

Até acontecer o incidente...

E bem na frente dele. Na *porta* da sua *loja*.

O incidente que fez todo mundo na rua parar espantado. E Juca, mais espantado do que todos.

2 Rua Cosme Velho, 18

Era um senhor que somente se poderia chamar de sisudo. Dentro do bonde, sentava-se muito ereto. Os óculos presos ao nariz, a roupa impecável, o colarinho rijo, a barba e os bigodes espessos, grisalhos, rigorosamente aparados, a testa alta, arrogante, tudo em sua aparência conferia-lhe ainda maior gravidade. De forma que mesmo os que o reconheciam não tinham coragem de tomar lugar ao seu lado, muito menos de puxar conversa.

Se alguém reparasse melhor, entretanto, perceberia que, discretamente, quase com receio de serem flagrados, seus olhos, por trás dos óculos e das sombras de seu rosto franzido, corriam de um lado para o outro, irrequietos, detendo-se nas pessoas e nas cenas da rua. Movia raramente a cabeça — e, quando o fazia, era de modo quase imperceptível. Se analisava tudo o que via, ou se gostava simplesmente de observar, sem maiores reflexões, era impossível dizer.

Fez sinal ao cobrador, que puxou a correia, atada ao braço do condutor, na frente do veículo. O condutor tensionou os arreios, detendo a parelha de burros e o bonde, que protestou, rangendo sobre os trilhos. O senhor sisudo saltou apressado, carregando, como de hábito, um pequeno embrulho de livros debaixo do braço e a bengala na outra mão. A seguir, entretanto, ficou parado na calçada, como se estonteado com o movimento do Largo do Machado, naquele final de tarde abafado e úmido, ou mesmo como se houvesse esquecido por que saltara ali, ainda longe de casa.

Uma nuvem começou a turvar sua vista. Enxergava as pessoas à sua volta passando como em marcha acelerada, deixando atrás de si um rastro borrado. Agora, lembrava que viera deixar um recado com um marceneiro, que mantinha sua banca por ali, em algum lugar. Fora um pedido de Carolina. Mas não conseguia decidir-se para que lado caminhar, a fim de encontrar o tal sujeito. Engoliu a saliva, sentindo-a grossa, colando-se à garganta apertada, e seu nervosismo foi aumentando à medida que reconhecia os sinais do que estava para acontecer. Fez um

esforço para afastar a confusão que ameaçava afogar sua mente... "Como um homem tragado por uma ressaca!", pensou. "Uma ressaca!"

Voltou-se. Em seu estado de perturbação, reconheceu a entrada da Rua das Laranjeiras a poucos passos e encaminhou-se para lá, quase instintivamente. Tudo o que queria, agora, era chegar em casa. Procurou fixar a figura de Carolina esperando por ele, como todas as tardes, lendo, por detrás da vidraça fechada — a primeira visão que tinha logo que descia do bonde, no seu ponto costumeiro. Olhou para os lados, procurando alguma charrete de aluguel que estivesse passando na hora. Não havia nenhuma. Sentiu as pernas amolecerem; então, tudo escureceu.

Juca o conhecia. Mas apenas porque carregara as compras para a esposa dele, por já algumas vezes. Em uma ou duas dessas ocasiões, vira-o no jardim. Lembrava-se de ter passado por ele, carregando o cesto até a porta da casa, e de que, tanto na entrada quanto na saída, aquele senhor sequer por um momento voltara-se para olhá-lo, como se a borboleta, cujo voo ele acompanhava, fosse, por tudo, muito mais interessante.

Se já houvesse pedido ao garoto para engraxar seus sapatos, uma vez que fosse, Juca teria reparado nele no instante em que descera do bonde. E teria acenado para ele, ou jogado um cumprimento cantarolante. Mas, como sempre, econômico, guardava seus truques e chamativos para a freguesia. Foi por isso que só se deu conta da sua aproximação quando ele, praticamente, tombou aos seus pés.

Assustado, o garoto encostou-se à árvore às suas costas. O homem contorcia-se no chão, enlameando as roupas, o rosto. Tinha os olhos semicerrados e as faces congestionadas.

Uma multidão logo formou a roda, e Juca escutou passar de um em um a palavra: "epilético". Alguns, curiosos, agachavam-se para ver melhor. Outros mostravam medo — o mesmo medo do garoto. Mas ninguém acudia o homem:

— Isso pega! — alertou alguém, com um berro esganiçado.

— Que pega o quê, seus ignorantes!

Era um rapaz de vinte anos, mais ou menos. Um estudante, que morava em quarto alugado num casarão, nas redondezas. Tomado de indignação, abriu caminho através da pequena turba. Precisou empurrar os mais teimosos, que não queriam perder o espetáculo, e agachou-se, amparando a cabeça do homem em seu colo. Aos poucos, a convulsão foi cessando. Seu corpo prostrou-se imóvel, como se houvesse adormecido profundamente.

— Alguém sabe onde ele mora? Alguém o conhece? — indagou o estudante.

A multidão dispersou-se, desinteressada. Permaneceu apenas Juca, paralisado ainda, e também porque, afinal de contas, ali era a sua loja, e não seria hora de largar o trabalho.

— Você... — voltou-se o estudante, aflito, para Juca. — Conhece esse senhor?

Naquele instante, ainda com a cabeça no colo do estudante, o homem abriu os olhos. Era nítido que encontrava-se em tal estado de esgotamento que não conseguiria falar. Talvez, sequer pensar. Mas olhou para Juca. Fixamente. Desoladamente. Para sua surpresa, Juca teve a certeza de que ele o reconhecera.

Juca assentiu, com a cabeça.

— Sabe onde ele mora?

Um alarme disparou na mente de Juca, avisando-o de que deveria responder que não. Que ia meter-se em encrencas. Mas de novo esbarrou com o olhar daquele senhor pedindo ajuda.

— Sabe ou não sabe? Responda, garoto! Você não fala?

Juca ainda hesitou um pouco. Mas logo balançava a cabeça de novo.

— É perto daqui? — indagou o estudante.

— Lá para cima... — balbuciou o garoto. — Na Rua Cosme Velho. Um sobrado...

— Um sobrado na Rua Cosme Velho... Mas se é só o que existe por lá.

— Não sei o número.

O estudante resmungou qualquer coisa, a seguir voltou-se para o homem em seu colo.

— Pode me ouvir? Vamos levar o senhor para casa, está bem?

O homem ergueu debilmente a mão, fazendo um gesto indecifrável e curto.

Uma charrete de aluguel ia passando. O estudante espichou-se um pouco e gritou, chamando-a. O veículo parou. O cocheiro desceu para ajudar a levantar o homem do chão. Ele e o estudante carregaram-no para a charrete. Juca assistiu à cena, sem arredar de seu canto, e já ia talvez se tranquilizando, quando o estudante fez um sinal para ele:

— Venha logo! — ordenou. E, apontando para o embrulho caído na lama, completou: — Traga a bengala dele. E esse pacote. Acho que são livros.

— Eu não posso sair daqui! — protestou Juca. —

Tenho uma freguesa que marcou hora comigo para daqui a pouco.

— Dane-se você e sua freguesa. Como pode se negar a socorrer este pobre velho? Você precisa me indicar a casa. Venha, ou por boa vontade, ou movido a cascudos. Pode escolher!

— Mas eu vou perder a freguesa!

O estudante não se deu ao trabalho de repetir a convocação. Juca meteu a caixa de engraxate e o pacote de livros no cesto e encaminhou-se para a charrete, arrastando os pés.

O número era o dezoito, da Rua Cosme Velho. Um sobrado, de fato; na verdade, um chalé assobradado, com teto em "v" invertido, muro baixo, com gradeado, portão duplo de ferro, um jardim na frente e duas palmeiras bem desenvolvidas.

Lá de dentro, Carolina viu a charrete deter-se no portão e, acometida de um mau presságio, deixou correndo a casa. O cocheiro e o estudante tiraram o homem de dentro da charrete. Carolina o recebeu nos braços, chorando muito. Ele ainda não conseguia falar e movia-se com bastante dificuldade.

— Ele está bem, senhora — assegurou o estudante. — Foi apenas uma crise. Mas ele não se machucou.

Juca saltou da charrete, mas permaneceu afastado, encolhido e silencioso como um ratinho que, debaixo de um móvel, observa o movimento da sala.

— Deixe que nós a ajudamos a levá-lo para dentro... Tenha calma, senhora. Ele está bem.

O estudante e o cocheiro foram entrando, cada um sustentando um braço do homem, apoiado nos ombros. No caminho, Carolina já ia cuidando de limpar-lhe o rosto da lama com um lenço, enquanto alisava seus cabelos, chamando-o de "meu querido". Ninguém pediu a Juca que os acompanhasse — pareciam tê-lo esquecido.

Quando se viu sozinho, o garoto deixou o pacote de livros e a bengala junto ao portão, do lado de dentro, e disparou rua abaixo, de volta para seu ponto de trabalho. Mas era tarde. A freguesa com hora marcada já havia passado pela *loja*, e ficara muito desapontada com a falta de Juca:

— Fazer isso logo comigo, que trato esse menino tão bem...

Chateada e, àquela hora, já não tendo quem a ajudasse a correr os ambulantes e depois levar as mercadorias para casa, desistiu das compras, prometendo a si mesma nunca mais dar serviço a Juca.

3 A cartomante

Juca não confiava na sorte. Nem no azar.

Quando a cartomante aparecia no Largo do Machado para fazer suas compras, outros meninos, carregadores como Juca, evitavam-na, e mesmo alguns ambulantes desviavam-se, preferindo perder a chance de vender sua mercadoria a ter de lidar com a mulher. Quando ela se detinha junto a uma das bancas, o vendedor, não podendo furtar-se de atendê-la, fazia-o o mais rápido possível, sem tentar lhe empurrar mais do que ela pedia, nem puxar conversa, sem lhe oferecer descontos e agrados, ao contrário do procedimento habitual ("Uma dúzia de tangerinas, senhora? Pois não, estão um mel. Leve mais duas de presente e volte sempre!"), nem nada das cortesias tão próprias do comércio de rua. Ninguém fazia questão de tê-la como freguesa.

— Essa mulher me dá arrepios! — comentavam uns e outros.

— Dizem por aí que mais de um desgraçado encontrou a morte depois de ela lhe ter posto as cartas.

— Passa! Cruz-credo!

Tratava-se realmente de uma figura como poucas. As unhas eram exageradamente crescidas, lembrando as garras de uma ave feroz. Os dentes, pontiagudos. A cabeleira, cheia e algo desgrenhada. As íris dos olhos, ávidas e cintilantes. A boca, cavernosa. E havia os colares e as pulseiras balouçantes que usava, pesadas de meias-luas e estrelas de ouro e outros símbolos do bom e do mau agouro.

No entanto, a cartomante tinha lá seus clientes. Enamorados e enamoradas carentes de esperança, pessoas atormentadas pela necessidade de tomar uma decisão nos negócios, maridos ciumentos, mães preocupadas com a solteirice das filhas e a preguiça dos filhos, e todos aqueles que tinham ou que imaginavam ter inimigos. Para dispor do futuro revelado, sempre haveria quem corresse alguns riscos.

Juca prestava quase nenhuma atenção a esse tipo de histórias. Por isso, pouco hesitou quando a cartomante parou junto dele e lhe pediu que a acompanhasse à quitanda e depois num giro pelo Largo.

"Já perdi uma boa freguesa ontem", pensou o menino. "Quem sabe hoje ganho uma outra, para pôr no lugar."

Junto à carroça do tripeiro, um colega de profissão aproximou-se dele e segredou-lhe ao ouvido.

— Vai mesmo trabalhar para a bruxa? — perguntou-lhe o garoto, com ar de troça.

— E por que não?

— Dá má sorte.

— Bobagem.

— Você já trabalhou para ela alguma vez?

— Não, e daí? — espevitou-se Juca.

— Eu já. E outros também. Tem uma coisa que você não sabe...

— Sei, sim... Está com inveja porque roubei sua freguesa.

— Bem, se você acha que é isso...

Juca sabia — outra de suas *leis da esperteza* — que a concorrência entre os carregadores era muito dura. Assim, não deu ouvidos ao colega, nem quis descobrir a que se devia seu sorriso gozador. Foi seguindo a cartomante, que comprou uma cacarejante galinha (uma galinha *preta*, houve quem reparasse), verduras e legumes, e ainda alho (duas enormes réstias), mais uma quantidade de gêneros e de mercadorias.

A cartomante morava numa pequena casa, num beco saído da Rua das Laranjeiras. Carregado como estava, Juca teve que suar um bocado para acompanhar-lhe o passo. Quando chegou à porta da casa, a cartomante foi retirando as compras, levando para dentro e, ao final, diante do sorriso pidão de Juca, como que só naquele instante se lembrando do que devia ao garoto, soltou uma exclamação surpresa:

— Ah, sim...! Uma moedinha para você, não é?

A mulher começou a remexer na sua bolsa; vira daqui e dali, e Juca já preocupado.

— Sinto muito! — suspirou a cartomante. — Não sobrou nada. Mas... — O desapontamento de Juca era de dar dó. — ... quem sabe posso dar a você algo mais valioso do que dinheiro?

— O quê? — perguntou Juca, ligeiro, esperando,

pelo menos, que ela lhe servisse um copo de leite, um pedaço de bolo, um doce...

A mulher sacou da bolsa um baralho, sentou-se no degrau de pedra ao pé da porta. Começou a colocar as cartas no chão, ofegante, como se manipular o baralho a exaurisse, enquanto remexia os lábios, conversando mudamente com copas, espadas, ouros e paus.

— Eu... Não estou entendendo... — murmurou Juca.

A cartomante revirou os olhos e engrossou a voz, que tornou-se rouca e áspera. Juca ficou impressionado, e teria, talvez, se escafedido dali, não fosse a convicção de que precisava receber de algum modo o pagamento devido.

— Aqui diz... que o dia de hoje vai ser muito importante para você. Que você deve ficar atento, que vai ter uma... revelação... Alguém vai entrar na sua vida e lhe fazer o bem. Alguém que você já conhece. E aqui vejo também... Que você vai se meter em perigo... Um enorme perigo. E muito em breve. Cuidado! Pronto.

— Pronto o quê? — indagou Juca, perplexo. — E minha moeda?

— Ora, garoto... Sabe quanto cobro por uma consulta?

— Mas eu não pedi para a senhora ver minha sorte nas cartas.

— Que atrevimento! — irritou-se a cartomante, e enfiou-se na casa, batendo a porta na cara de Juca.

Xingando horrores a cartomante, sortes e azares e todos os bruxos do mundo, Juca retornou ao seu ponto no Largo do Machado. A distância, viu o outro carregador, o que se aproximara dele, junto à carroça do tripeiro. Pela cara emburrada de Juca, o outro garoto confirmou o que já previra que iria acontecer — e Juca, pelo riso escancarado do colega, adivinhou o que ele deixara de lhe contar.

— Era dessa má sorte que ele estava falando... — resmungou Juca.

O jeito era conformar-se com mais uma perda. "A segunda, de ontem para hoje", lamentou-se, postando-se de novo junto à sua árvore.

Poucos minutos depois, apareceu, apressado, o estudante do dia anterior. Carregava uma pasta, com papéis escapando-lhe; à mostra, alguns livros, e já ia passando direto, quando voltou atrás, reparando em Juca, e se dirigiu a ele.

— Boa tarde, garoto.

— Boa tarde! — respondeu Juca, mal-humorado.

— Talvez você queira saber que o Sr. Machado de Assis passa bem.

— Por quê? — retorquiu Juca.

— Como assim?

— Por que eu ia querer saber que um sujeito que eu nem sei quem é está passando assim ou assado?

— Ora, eu pensei... Você disse que o conhecia.

— É aquele velho de ontem? Eu só sabia onde ele morava.

— Mais respeito, garoto. Sabe de quem você está falando?

— Sei que perdi uma boa cliente por causa daquela confusão toda.

— Bem, não é sua culpa... Eu também não o reconheci... Quer dizer, na hora, não. Mas, depois... Ele é uma pessoa muito reservada, você sabe.

— Eu não sei de nada! — disparou Juca, cada vez mais contrariado.

— O Sr. Machado de Assis é um escritor famoso. Talvez, o maior romancista brasileiro do momento. Acaba de publicar um livro importantíssimo, *D. Casmurro*, que... Bem, ainda não o li, mas lerei em breve. E ele é também presidente da Academia Brasileira de Letras.

— Presidente...? — murmurou Juca. De todas as palavras que o estudante pronunciara, aquela era a única que lhe aparentava ter algum valor.

— Sim... Vê como valeu a pena deixar seu serviço para ajudá-lo? Fez um bem... à literatura!

— Presidente... — repetiu Juca.

— Isso, da Academia Brasileira de Letras.

— O senhor... — Juca acabara de decidir que o estudante deveria ser tratado com consideração — ... por acaso teve a gentileza de contar... que fui eu que mostrei onde ele morava?... E o senhor disse a ele que eu larguei meu trabalho e perdi uma cliente para...?

— Mas... Não. Esqueci. Também, você desapareceu. Na verdade, eu nem sei o seu nome, garoto. Ora! Bem, tenho que ir. Boa tarde.

Desapontado, Juca limitou-se a retribuir o cumprimento de cabeça. Mas a palavra Presidente ia e voltava nos seus lábios, junto com as contas da féria do dia. Uma féria muito magra, por sinal, pelo menos até o momento.

4 D. Carolina

Machado levantava-se com o sol e, enquanto Carolina não acordava, para fazerem juntos o dejejum, ele aproveitava para escrever. Depois da refeição matinal, principalmente quando fazia bom tempo, percorriam as rosas e as sebes de murta do seu jardim.

Possuíam a casa fazia 16 anos. E o ritual do passeio pelo jardim foi um dos primeiros a se estabelecer entre eles. Assim como o de tomarem chá ao final da noite — excelente para acalmar os nervos de Machado depois das partidas de xadrez com um amigo ou vizinho, nas quais o escritor, com frequência, acabava se irritando e discutindo, menos quando o adversário era o Conselheiro, pessoa tão cordial que, com ele, nem mesmo Machado conseguia brigar. Ou o de sentarem-se em sua cadeira de balanço de dois lugares e, de mãos dadas, ficarem conversando até a hora de dormir. Esses rituais, enfim, entre outros, e muitos...

Machado era aferrado a seus hábitos, tanto quanto ao seu ar fechado, com que tanto recebia em casa, quanto fazia visitas. Já Carolina era falante, ou melhor, possuía o dom de falar e de viver, coisa que transpirava de seu rosto. Era rara a pessoa que não se afeiçoava a ela. Os seus cabelos brancos, sempre arrumados com arte, com prazer, davam-lhe uma aparência de quem não tinha idade, ou de quem poderia ter a idade que bem quisesse, como comentou a seu respeito, certa vez, o Conselheiro.

Na ocasião, Machado chateou-se com o comentário. E, embora o Conselheiro fosse um dos melhores amigos, não apenas seu, mas do casal e da casa, interrompeu a partida de xadrez que jogavam e, alegando dor de cabeça súbita, praticamente despachou o Conselheiro porta afora. Carolina riu muito com a cena, dos resmungos de Machado, da fingida perplexidade do Conselheiro — foi levá-lo à rua e, depois de ele beijar-lhe a mão e desejar boa noite, disse à amiga:

— Não é uma benção, num casamento maduro, um ataque desses de ciúmes? — comentou, maciamente. —

Peça a Machado que não fique me querendo mal por isso.

— Conselheiro, creio que o senhor ia em desvantagem no jogo e decidiu-se por recorrer a uma estratégia fora do tabuleiro para evitar a derrota.

Os dois se riram mais ainda. Machado aguardava impaciente, na sala, o retorno de Carolina.

Naquela tarde, Machado ainda não chegara da Livraria Garnier, sua última parada antes de ir para casa. Juca já decidira que havia chance de mais valer uma visita à casa do Presidente do que confiar num final de expediente de quase nenhum movimento. Sabia que a mãe ainda demoraria uma hora, ou pouco mais, para pegá-lo. Era tempo suficiente para subir até o Cosme Velho e ver no que podia dar.

Assim, pouco depois, lá estava o garoto, colocando seu cesto junto ao portão e batendo palmas para chamar quem estivesse em casa. As primeiras palmas foram tímidas, as segundas, como não havia outro jeito, mais invasoras. E tanto que Carolina pôs a cabeça para fora de uma das janelas da frente para espiar quem estava chamando. Viu o garoto, precisou de um segundo ou dois para se lembrar por que ele lhe parecia familiar e:

— Deus do céu! — exclamou. — Já estou indo, menino.

A última coisa do mundo que Juca esperava era que aquela senhora, de aparência tão distinta, saísse ventando da casa e, com um abraço, molhando as bochechas do garoto com suas lágrimas, o colhesse do chão. Franzino, Juca deixou-se carregar.

— Você foi o garoto que veio com os outros trazer meu marido para casa. Claro, claro... Muito obrigada. Que

Deus proteja todos vocês.

— Eles... — conseguiu balbuciar o garoto, mesmo espremido pelos braços da mulher. — ... não sabiam onde o Presidente morava e eu... e eu...

— Não me diga! — berrou Carolina.

— Só vim saber se o Presidente está melhor. E a senhora também... Fiquei preocupado... Parecia tão aflita!

— Mas... que bondade sua. Vamos, você precisa entrar.

E saiu carregando o garoto para dentro de casa. Quando Juca deu por si, estava diante de um enorme copo de leite e uma fatia de bolo de fubá maior ainda. Um pote de manteiga fresca, outro de mel. E Carolina lhe alisava os cabelos, olhando para ele como se quisesse colocá-lo no colo.

O garoto comeu com vontade. E, no que comia, mais seu prato e o copo, outra vez, e outra vez, se enchiam. De repente, o barulho da porta se abrindo e fechando na frente da casa. E os passos, cadenciados, secos... Já no corredor, pressentindo a presença da mulher na cozinha, Machado veio falando:

— Carolina, já está escurecendo. Hora de jantar, sem luz, sem calor, sem moscas, como sempre digo...

Machado parou estatelado, dando com Juca sentado na cadeira onde *ele* costumava sentar-se, diante de Carolina. O homem não se resolvia a entrar, e seus olhos haviam se pregado no garoto que, por sua vez, sentiu subitamente um pedaço de bolo entalar-se na garganta, como se, em vez de açúcar e farinha, houvesse sido usada areia para ligar a massa.

— Eu dizia, sem moscas... Sem moscas, eu dizia! — grunhiu Machado.

Mas antes que Juca escapasse, de fato, voando e

zumbindo pela janela, Carolina, protetora, apanhou a mão do garoto nas suas e, muito chateada, disse:

— Este bom menino aqui indicou aos outros a nossa casa, ontem. E sei muito bem que você o está reconhecendo...

— Claro que estou — replicou Machado, girando nos calcanhares e pretendendo bater em retirada. — Bem, quando pudermos jantar, por favor...

— Querido...

Machado compreendeu a repreensão. E mais, o quanto a magoaria se desconsiderasse o que ela estava, ao seu jeito, pedindo que ele fizesse. Sabia muito bem o que era. Se conversavam só com os olhos, às vezes, podiam também entender-se sem se olharem. Machado voltou-se outra vez para o garoto — e Juca sentiu vontade de agarrar-se à Carolina, pedindo proteção, diante do semblante contrariado do escritor.

— Obrigado! — disse, como se espirrasse, espirro seco e ligeiro; ato contínuo, girou mais uma vez, agora na ponta dos pés, e desapareceu.

Juca já comera até o seu limite, mas Carolina ainda lhe embrulhou um pedaço de pão e bananas para levar para casa, e mesmo uma bela fatia de goiabada.

— Volte quando quiser. — E, quase cochichando, disse ainda ao menino: — *Ele* não morde!

Encontrou o marido na sala, reclamando de fome, de abandono, e, acima de tudo...

— Espero que você não tenha ideia de ficar metendo este garoto aqui *todo dia*.

— Todo dia? — Encenou espanto, Carolina. — Todo dia, não me ocorreu. Mas sua sugestão é ótima.

Machado emitiu mais um de seus resmungos, e Carolina foi para a cozinha, satisfeita.

5 Os mistérios do Sr. Tiago Matacavalos

Aurora, mãe de Juca, trabalhava havia já quase dois anos na casa dos Matacavalos, marido e esposa, a D. Malu, apelido de Maria Luísa, uns quinze anos mais jovem do que o marido.

— Até aí, tudo bem — comentava Aurora. — Meu José não era onze anos mais velho do que eu? E homem melhor, mais atencioso, nunca houve, até morrer. Morreu tão cedo, o coitado... — suspirava Aurora, fitando os olhos de Juca, e pensando o quanto lhe lembravam o marido. Depois, retornando ao assunto, com um tom de preocupação na voz, afirmava: — Não, não. O problema não é esse. Eu sei...

— Sabe do quê, mãe?

Aurora olhava para o filho, morrendo de vontade de contar. Mas fechava a boca. Ia para o canto que lhes servia de cozinha, onde ficava o fogareiro e a bancada com a bacia de lavar louça. E o filho adivinhava que não adiantava insistir, assim como percebia que, principalmente nos últimos meses, uma ligação muito forte ia se desenvolvendo entre sua mãe e a patroa. Tão forte a ponto de Aurora considerar que as confidências que D. Malu lhe confiara deviam ser respeitadas, guardadas com reserva, até mesmo em relação ao filho.

Desde o início, Aurora tomara-se de amores por Malu. Talvez pelo jeito de garota da jovem senhora, perambulando pela casa como se tudo ali dentro fosse novidade, mesmo sua condição de patroa, com atribuição de dar ordens aos empregados e de dirigir o funcionamento do lar. Certo dia, então, entrando num aposento para ti-

rar o pó dos móveis, encontrou Malu escondida atrás de um sofá, chorando.

— Patroa! — exclamou, espantada, Aurora; Malu, parecendo-lhe mais do que nunca uma garotinha. Uma garotinha assustada.

— Por favor... — suplicou-lhe Malu. — Não conte que me viu assim. Por favor...

— Mas, patroa... Contar para quem?

— Para ele! — disse Malu.

— Não, patroa, se a senhora não quiser, não conto. Mas, por favor, saia daí.

Aurora agachou-se junto a Malu para ajudá-la a levantar-se. E foi o bastante para a moça atirar-se ao enorme e macio colo da mãe de Juca, escondendo seu rosto e chorando mais ainda. E foi o bastante, também, para Aurora adotá-la, em seu coração, a partir daquele momento.

Antes de conhecer Malu, o Tiago Matacavalos era um viúvo solitário, de quem diziam que tivera a infância muito pobre, que construíra seu patrimônio — aparentemente, no comércio — partindo do dote da primeira mulher. Mas ninguém sabia de certeza nada sobre sua vida. Contavam muita coisa, comentavam. Era um homem que não falava com os vizinhos, a quem, entretanto, impressionava pelo seu tamanho. Era um homem enorme, contrastando com a fragilidade esbelta e miúda de Malu.

Morava na casa havia justos dois anos. Era um sobrado como muitos, na Rua das Laranjeiras, com três janelas na frente e uma varanda ao fundo. Comprara-a de um advogado que, aos 55 anos, depois de escrever um romance, que nunca publicou, embarcou para a Europa, em busca de suas muitas lembranças. Foi pelo menos o que confidenciou, e apenas isso, ao vender a casa, muito barato, a Tiago Matacavalos; e nada mais se soube dele. O sobrado tinha suas histórias soturnas na boca dos meninos do Largo do Machado e das criadas da vizinhança. Estranhavam o retraimento do antigo proprietário. Contava-se algo sobre a mulher e o filho terem-no abandonado, sem que ninguém descobrisse a razão. Levantavam suspeitas.

O Matacavalos, contraindo novas núpcias com uma moça que chegara havia pouco do interior, D. Malu, ocupou a casa já casado. E, poucos meses depois, Aurora, muito bem recomendada, viera trabalhar para eles. Afora o primeiro dia, quando tratou do salário com o Matacavalos, nunca mais tiveram algo que pudesse ser considerado uma conversa. Cumprimentavam-se, apenas. E qualquer pedido do patrão chegava-lhe por intermédio de Malu.

— Ele... é assustador — disse Aurora, certa vez, para Juca.

Assustador por que e como, não contou. E a curiosidade de Juca, por algo que não considerava lhe dizer respeito mais proximamente, era fraca; não o suficiente, de qualquer modo, para ficar atazanando e tentando a mãe, que tinha lá suas coceiras para falar. Mas não falava.

Ainda mais depois daquela tarde, quando encontrou Malu chorando e tornara-se sua confidente. O que seus ouvidos passaram a escutar, guardava dentro do peito, e com ninguém, nem mesmo com o filho, trairia a promessa de segredo que a jovem senhora, em desespero, lhe pedira. Apenas um comentário escapara da sua boca, poucas semanas atrás:

— Ele — referindo-se ao patrão — ... está cada vez mais estranho.

Juca a olhou, impaciente, como quem diz: "Se quer falar, fale de vez". E Aurora, compreendendo, balançou a cabeça, negativamente.

Que o que guardava dentro de si lhe pesava, que ansiava por compartilhar com alguém, era evidente. Mas resistia. E suspirava. De pena. De compaixão por Malu.

"Ele é um homem sombrio. Parece mesmo... ter a alma estragada. E ela é tão linda, tão jovem, tem tantos sonhos..."

O rosto de Aurora, curtido pelas perdas da vida e pela luta para manter-se — talvez o mesmo semblante que levara Malu a apegar-se a ela, se não a necessidade de amparar-se em alguém, mesmo a primeira pessoa que surgisse disponível —, enchera-se de lágrimas naquele final da tarde, em que ela e Juca voltavam para casa. Lágrimas que ela enxugava apressada, não tanto para escondê-las do filho, mais para não provocar nele o comentário de sempre:

— Eles comem bem. Moram bem. Vestem bem. O que os problemas deles têm a ver com a gente?

Estava difícil conter-se, de fato, naquela quase noite, ao chegarem ao cortiço. A todo instante, voltavam-lhe os olhos muito azuis de Malu, vermelhos e inchados de tanto chorar, sua fala apressada, atropelando palavras e ideias, perdendo o fôlego, sua pele muito pálida e sua aparência frágil, seus cabelos alourados, cacheados, como se tivesse saído de uma história de fadas naquele instante, e já lhe impusessem enfrentar um mundo em que o Bem não possuía garantias diante do Mal.

— Ela é só uma criança... — Juca escutou a mãe murmurar, junto ao pequeno fogareiro onde esquentava a sopa. Era óbvio que Aurora fazia tudo automaticamente (tanto que a sopa, geralmente saborosa, saiu sem gosto) e não conseguia pensar em outra coisa.

Como em todas as noites, Juca entendeu-se com sua sacola de moedas e depois deu boa noite à mãe. Aurora prendeu o filho um pouco mais em seu regaço e soltou-o com um suspiro de quem, sofrendo, deixa o ente amado partir em aventura, arriscando ser ferido pelo destino. Juca deu de ombros, chateado.

Tarde da noite, madrugada mesmo, Juca foi despertado pelo choro da mãe, entrecortado de suspiros. Sentada no seu canto, junto à bancada com a bacia de lavar louça, a boa senhora não se continha mais. A preocupação que acumulara era tanta, que não a deixara dormir. Pegara-se a rezar, a pedir pela felicidade da patroa. Então, veio-lhe um pensamento: "E se D. Malu morre de tanta tristeza? Ou se dá cabo da própria vida, por não aguentar mais sofrer? Coitada...".

E a simples visão de sua patroa morta, fria, coberta de flores, num caixão, partindo do mundo que não chegara a aproveitar, a fez chorar daquele jeito. Aurora arregalou os olhos ao dar com Juca à sua frente. Confessou-lhe, pelo menos, a visão que tivera: Malu, morta...

— Coitada, coitada... — gemeu Aurora.

— Mãe, eu já falei muitas vezes... Você se mete nos desentendimentos dos dois, um dia eles param de brigar e, para não terem mais lembrança dos tempos tristes, põem é você na rua.

— Mas eles nem brigam... Coitadinha... Ele nem fala com ela... Ela vive sozinha, noite e dia naquela casa... Oh, meu Deus!

— Deixa eles para lá! — exigiu Juca. — Se você for demitida, até os meus negócios se prejudicam, sabia? E se, além de despedirem você, começam a espalhar alguma coisa contra mim? Só para não me terem por perto, no Largo... Só para eu não contar para ninguém o que você viu e ouviu na casa deles.

— Você não pode contar o que não sabe, Juca. Deixe de inventar problema. Não é brincadeira. É uma pobre moça, que danou de casar com um sujeito que vive cheio de segredos. Sabe que nem os amigos ele está recebendo mais em casa? Que se alguém bate na porta ele manda dizer que não está? E também não o encontram no escritório. Não sou só eu que estou dizendo, a vizinhança inteira anda comentando. E nem uma palavra para a coitadinha. Nenhuma explicação. Ele até mesmo ameaçou...

Aurora se deteve, percebendo que já havia falado demais. Resmungou contra si mesma, enxugou as lágrimas e disse:

— Por via das dúvidas, você agora sai de casa com café da manhã tomado!

— Mãe... É mais despesa...

— Coisa à toa. Prefiro assim a ele nos pegar... E sair brigando com minha patroa por causa de uma porcaria de pão com manteiga. Vá dormir, Juca. Não vou mais fazer barulho.

Juca assentiu com a cabeça e voltou para a cama.

6 Histórias para engraxar

A sopa sem gosto ainda era lamentada por sua barriga às três horas da tarde seguinte — uma sensação de vazio mal-preenchido, agravada pela desconfiança de que o jantar não traria nada de melhor. A tristeza da mãe não tinha cara de passar de um dia para o outro. Era das que ela carregava até a missa de domingo, e ainda era quarta-feira.

Tarde sem brisa, nem freguesia. Tanto que Juca permitiu-se sentar-se à sombra de sua árvore, meio estirado, outro tanto largado, ao contrário da postura alerta e bem disposta de sempre que, acreditava, atraía fregueses.

"Claro! Quem vai dar serviço a um sujeito com ar de preguiçoso?"

Era mais uma de suas *leis da esperteza...*

Carolina veio descendo a Rua das Laranjeiras devagar. A sombrinha a protegia do sol, ainda insistente. Juca a viu antes que ela o visse, achou que estava com jeito de

quem ia às compras, e foi o bastante para, de um salto, pôr-se de pé, estufando o peito para parecer mais forte e mais alto.

"Ninguém chama carregador fracote!"

O faro de Juca foi preciso. Carolina aproximou-se dele sorridente e pediu:

— Você me acompanha até a quitanda?

Foram tão poucas as compras de Carolina que até pareciam desculpa para que Juca fosse à sua casa. Dois quilos de batata, um de cebola, algum alho, açúcar, um maçozinho de coentro. Depois subiram a rua, de volta para o Cosme Velho.

— Se quiser, vai de bonde, D. Carolina. — ofereceu Juca. — Eu levo tudo lá, direitinho.

— Mas eu sei que você leva, meu filho. É que eu saio tão pouco. A andada fica como passeio...

O garoto assentiu com a cabeça e foi seguindo atrás de Carolina. Já contava não apenas com sua moeda, mas também com um lanche gostoso, que compensasse a sopa da noite anterior e um pouco das que estavam por vir. Carolina não o decepcionou. Mal descarregaram os pacotes, colocou-o sentado à mesa e, além do generoso copo de leite, apresentou-lhe uma pratada de banana frita, coberta de canela e açúcar, pão feito em casa, ainda naquela manhã, e um belo pedaço de queijo do reino.

— Não tem pressa, Juca — disse Carolina, observando com gosto a voracidade do menino ao comer.

— É que eu preciso voltar para o meu ponto.

— Ora... Estava pensando em pedir a você que me ajudasse numas tarefas aqui de casa.

— Que tarefas? — interessou-se o garoto, tanto que deteve, no meio do caminho, uma garfada de banana frita, que já ia encontrar-se com um bocado de pão com queijo dentro de sua boca.

— Bem... — Carolina não estava preparada para responder à pergunta. Mas uma ideia logo lhe ocorreu. — Você me ajuda a colocar uns livros na estante do meu marido? Todo dia ele chega da livraria com um pacote de livros e vai deixando pelos cantos, até eu arrumar. Tem que pegar uma escada, ali nos fundos e...

— Pode deixar que eu ajudo a senhora — prontificou-se Juca, antevendo que seu ganho poderia passar de uma para duas moedas, o que não era tão mau assim para uma tarde que não prometia.

O garoto voltou, arrastando como podia a escada. Não era muito pesada, mas a baixa estatura de Juca e seus braços algo curtos não lhe permitiam muito jeito para carregá-la. Carolina compadeceu-se, chegou a se arrepender da ideia. Afinal, normalmente, arrumava os livros do marido sozinha, sem embaraço, subindo em um banquinho para alcançar as prateleiras de cima. Claro que ela era mais alta do que o garoto — daí a necessidade de mandá-lo pegar a escada.

No escritório, Carolina ia passando os volumes para Juca e indicando-lhe onde deveria colocá-los. Machado fazia questão de que os livros fossem para a estante numa ordem rigorosa, apesar de ele próprio raramente se dispor ao trabalho de arrumá-los e mesmo de colocar de volta aqueles que apanhava para consultar um trecho que utilizaria como uma citação, ou para reler, por pura saudade.

"Ele gosta de ter livros à vista", comentava para si Carolina, decifrando o marido. "Não apenas livros na estante, mas... vivos, abertos em determinadas páginas; alguns amontoados em torno dele... Claro que fica nervoso quando a bagunça passa de certos limites."

O garoto, subindo e descendo a escada com uma vivacidade que raramente penetrava naquele escritório (quando muito, rondavam por ali risinhos irônicos, restritos aos cantos da boca), enternecia Carolina, que se esqueceu do mundo enquanto houve livros.

Juca deu-se conta de que jamais vira tantos livros reunidos. Havia um cheiro peculiar no ambiente e, além do cheiro, uma certa atmosfera, que ele desconhecia. E que o impressionava. Que o fazia sentir uma apreensão pouco familiar. Ali não era um lugar no qual gostaria de estar, tarde da noite, iluminado por um lampião. "E se detrás desses livros sai..."

Juca sentiu um arrepio, depois riu consigo mesmo, estranhando-se. Nunca fora de imaginar coisas. Pior, mil vezes pior do que o escritório do Presidente, era a área comum do cortiço, o caminho até a fossa, no pátio, quando não conseguia prender a vontade de urinar até amanhecer. E havia ruídos que escutava, porque aí não era a imaginação funcionando, eram ratazanas que o espreitavam, e ele sabia que só não o atacavam porque era maior do que elas. Mas saber que os ratos o olhavam como um pedaço de comida andante — apenas grande demais para poderem abater — dava-lhe ânsias de vômito, fosse de nojo, fosse de pavor. Então, se os ratos à espreita eram mais perigosos do que os livros, por que os livros é que pareciam assombrados? E, assombrados como se pudessem tomar vida, entrar por seus olhos, tomar conta dele, e...

— Ele leu tudo isso? — indagou Juca, incrédulo.

— Ele lê muito... — sorriu Carolina. — E eu também leio. Você sabe ler, não sabe? Vi você parando em alguns dos títulos...

— Mas eu nunca li um livro.

— Verdade? Ora... Bem, livros podem ser muito importantes para uma pessoa. Para o meu Machado, foram... são tudo.

— Por quê? — Juca começava a interessar-se pela história.

— Ele nasceu muito, muito pobre... Um menino pobre, do Morro do Livramento. Mas teve a sorte de ter uma madrinha, que o ensinou a ler, ensinou-lhe as primeiras lições... E ela tinha uma enorme biblioteca em casa. Ele passava horas nessa biblioteca... Quando não estava trabalhando.

— Lendo?

— Lendo, sim... Mas ele me disse que, às vezes, ficava quieto lá dentro...

— Fazendo o quê?

— Olhando, escutando... Ele gosta de livros. Sente-se confortado em companhia deles. Mas se quer saber mesmo, por que não pergunta a ele?

— A ele? — Juca encolheu-se, numa instintiva demonstração do quanto o escritor o intimidava.

Carolina sorriu, ainda mais abertamente. E suspirou também, porque percebera que já era hora de deixar Juca ir-se embora. Pediu que ele esperasse no escritório, enquanto ia pegar as moedas para lhe pagar — e preparar rapidamente um farnel para ele levar para casa.

Juca ficou espreitando as prateleiras com o rabo do olho, pensando se melhor não seria ir atrás de Carolina. Tinha sempre a impressão de que algo postava-se às suas costas. Por duas vezes, depois de muito resistir, de se recriminar pela besteira que ia fazer, voltou-se, ligeiro, e deu com a parede, com a porta, com ninguém. Na terceira, que assegurou a si mesmo que seria a última, apenas para tirar "de vez" a dúvida, deu de cara com um silencioso Machado que, olhos fixos nele, observava-o.

Juca soltou um grito abafado, que fez Machado erguer uma sobrancelha, criticamente:

— Sou tão feio assim? — perguntou.

— Não, senhor... É que... É que...

— Carolina me disse que você ficara aqui. Vim ver... se meus livros estavam bem.

— Estão, sim senhor. Eu até... Eu até...

Na verdade, Juca queria era sair correndo. Mas Machado colocara-se na passagem da porta, e o garoto não encontrou uma maneira de pedir-lhe licença, de despachar-se dali, assim como não conseguia controlar também a boca solta, dizendo qualquer coisa, sem nem pensar, só para não ter que ficar em silêncio, aguentando o olhar de Machado.

— Eu até... estava pensando em ler um livro.

— Ler um livro! Mas que ideia tão inédita — resmungou Machado. — E qual seria? Alencar? Eu recomendo.

— Um livro seu...? — arriscou Juca.

— Nem pensar. Você não ia gostar deles, garanto.

— Bem, um livro... que tenha uma boa história...

— Alencar, com certeza! Ou talvez alguns contos ingleses.

— Qualquer coisa vai servir...

— Vai servir para o quê? — estranhou Machado.

Juca engoliu em seco duas ou três vezes, finalmente uma ideia veio-lhe à cabeça, e ele a achou bastante razoável. Mais do que isso, deveras. Parecia uma ideia grandiosa e útil, a pendurar-se, agitar os braços e balançar-se, confiada e confiável, em seu cérebro, como se ali dentro houvesse um trapézio. Acreditou que o escritor a apreciaria também, e louvar-lhe-ia o bom senso, a inteligência. Que chamaria Carolina para fazer-lhe um elogio, elogio com testemunhas, coisa de mais valor do que o que se faz em dueto simples, e que se poderia desmentir ou esquecer, segundo as contas de Juca... Que, aliás, também não achou tão despropositado receber, das próprias mãos do Presidente, pescada de seu severo colete, uma moeda extra, como incentivo cultural. Assim, e de todo modo, a ideia de Juca animou-o a desencolher-se diante de Machado, assumindo quase o porte e a estatura com que vendia seus serviços na rua. Mas quando foi começar a expô-la, o raciocínio deu-lhe uma cambalhota e, em vez de sair pelo princípio, de cabeça, saiu de rabo.

— É que eu não sei cantar! — viu-se dizendo Juca.

Machado contraiu o cenho.

— Você quer ler um livro... porque não sabe cantar?

— Não, quer dizer... Sim!

— Estamos indo bem, aqui — resmungou o escritor. — Decida-se!

— Os outros meninos cantam. Os outros engraxates — destravou Juca.

— E daí?

— Bom... Eu pensei... — Juca estufou o peito, como fazia em seu ponto comercial, já de posse novamente de sua ideia e de novo confiante. — Primeiro, eu pensei: se o Presidente Machado lê tanto livro assim é porque isso deve servir de alguma coisa para mim também. Então, tive a ideia... Se os outros meninos cantam enquanto estão engraxando sapatos e os fregueses voltam, porque gostam da cantoria deles, então, eu poderia contar histórias. Mas como contar histórias, se não conheço nenhuma? Ora, então eu podia ler um livro. E ia aprender histórias que podia contar aos meus fregueses, não ia? Então...

— Fora! — disse Machado, secamente.

— Mas... — tentou explicar-se Juca.

— Fora! — repetiu Machado, abrindo caminho.

Juca enfiou-se por entre Machado e a porta e, com a rapidez de um camundongo, chegou à cozinha quase espumando, pegou o que Carolina tinha para lhe dar, num só fôlego agradeceu e sumiu.

Carolina foi encontrar seu marido impassível, na biblioteca, acariciando as lombadas de seus livros na estante.

— Você tinha que assustar o garoto? — perguntou, chateada.

7 Um par de botas

— ... e, então, ele me perguntou, orgulhoso do que julgou ser muita perspicácia sua: "É esse o ponto de partida do seu próximo romance, Machado?". Desaforado. "Meu próximo romance, meu caro senhor, é assunto meu e de mais ninguém", respondi-lhe. Ora, onde já se viu, Carolina? Se vou conversar sobre o que estou escrevendo com outra pessoa, que não você? Carolina! Você está me escutando?

Havia vezes em que o escritor pensava seu casamento com Carolina como se fossem, os dois, um par de botas, prodigiosamente diferentes uma da outra, as botas, na maneira de ver a vida, e, no entanto, há tanto tempo juntos, ele e Carolina, que se haviam esquecido da possibilidade de não estarem um ajustando o passo ao passo do outro; que era como se houvessem estado sempre e sempre juntos, como o par de botas; que um sem o outro não tinha serventia, nem se podia pôr a andar, nem ficar de pé, nem ser reconhecido. Uma bota solta no mundo é lixo; já um par de botas é um pertence, e mesmo, dependendo da qualidade delas, um bem.

Então, se pelas manhãs Machado reservava um tempo para dedicar-se à leitura dos jornais, enquanto o fazia, Carolina o observava, divertindo-se com os pequenos trejeitos dos grossos lábios do marido, deliciando-se em, por meio de anúncios e de notícias as mais diversas, alimentar seu apetite de observador da alma humana. Já depois do jantar, quando Machado, talvez, gostasse de retornar às suas leituras e a seus escritos, para fazer a vontade de Carolina saíam os dois, a passeio, pelas ruas próximas, ou em visita a algum amigo. Fosse como fosse, Machado fazia questão de estarem em casa de volta às dez, para o chá, sua bebida favorita, que saboreavam os dois, naquele mesmo recanto das cadeiras de balanço, em que Machado, agora, tentava quebrar o silêncio de Carolina, com outra ocorrência do dia.

— "Ora, vejam, Seu Machado!", atreveu-se a espevitada. "Haviam me dito que o senhor era gago, e, entretanto, fala muito bem..." Então, confesso que respondi gaguejando terrivelmente, mas respondi: "A senhora repare como são as coisas. Também me haviam dito que a senhora era uma estúpida, no entanto, assim de vista, não parecia tanto". Em seguida...

Carolina, que tanto sabia que a gagueira do marido acentuava-se apenas quando ele ficava mais nervoso, quanto tinha consciência de que a sua aparente desatenção às pequenas narrativas que ele lhe trazia da rua, e que tanto prezava compartilhar, devia estar a perturbá-lo imensamente, começou a sentir dó de Machado. Mesmo assim, não cederia. Isso, havia decidido.

Já havia aberto mão de tanta coisa. Aos ciúmes de Machado, concedera raramente sair de casa sozinha. E mesmo achava graça... "Eu, com 65 anos!", ria-se. "E cinco anos mais velha do que ele"... E Machado não a havia proibido de visitar certa amiga, por desconfianças em relação a um primo desta, um rapazote de vinte anos, se tanto? Não lhe havia pedido também que não fosse mais às missas aos domingos? E quanto esse sacrifício pesara a Carolina, logo ela, tão devota? Logo ela, que não saía de casa sem beijar o crucifixo, em seu quarto, pedindo proteção, e que não retornava, antes mesmo de largar a bolsa e trocar a roupa da rua, sem beijá-lo outra vez, agradecendo. E fazia a mesma coisa, de manhã, ao acordar, e toda noite, antes de recolher-se. Aos domingos, sempre à mesma hora, a hora da missa, ela ajoelhava-se diante de um altarzinho, onde tinha sua imagem do Cristo e, com o missal nas mãos, acompanhava cada reza, que na Igreja estaria ocorrendo, e respondia ao padre, como se o tivesse diante de si, e inclinava a cabeça, como se comungasse junto com a comunidade. Machado aprendera, pelo menos naquela hora, a não exigir nada dela, nem sua presença, nem sua atenção. Respeitava aquilo que ela fazia para não causar atritos entre os dois, e também para ficar um tempo a mais perto dela.

Tanto e tanto lhe cedera, então. Que custava ele ceder, agora?

— ... Com este Campos Sales na Presidência, estamos à beira da falência. — Era nova tentativa de Machado, reproduzindo para Carolina um debate que tivera na Garnier. — Então, aqui estamos a ganhar trocados exportando café, borracha, cacau, fumo e mate, e comprando industrializados dos ingleses. Industrializados, escute-me bem. Os países lá de fora estão a inventar indústrias, uma em cima da outra. E nós, quando o dinheiro nos falta para completar a diferença entre o que se vende e o que se compra, recorremos aos próprios ingleses, a seus banqueiros, para que nos emprestem dinheiro... Que devolvemos a eles em troca de seus diabólicos industrializados, e atrás vêm os juros, as... Carolina!

Nem assim... Machado ergueu os braços para o alto, como se capitulasse diante dos céus e não diante da birra de sua esposa. Mas foi a ela que oficializou a rendição:

— Diga o que você quer, então.

Só aí Carolina voltou-se para ele:

— Meu esposo... — disse ela, para iniciar. E bem que pensava em medir as palavras. No entanto... — Como é notório, o senhor é um homem que se deixa estar mais à vontade entre cães e rosas do que entre gente.

— Carolina!

— Sim, sim, perdoe-me, mas depois de tanto tempo... Trinta anos de casados, que mal há, entre nós, que se o diga? Ou tinha que eu não o havia reparado?

— É que... É que... — Machado já se punha a gaguejar.

— Sim, digo-o, finalmente, que me andava isso cá entalado. O que o senhor meu marido não gosta é de expor suas excentricidades às pessoas.

— Mas se recebo amigos em casa. E com bom vinho português à mesa do jantar. Não esbanjo, mas...

— Sim, seus amigos. E você não considera amigo ninguém que o conheça a menos de... vinte anos?

— Ora...

— E só mantém por amigos aqueles que o deixam representar, sem contestação, o seu papel preferido.

— Mas do que você está falando, Carolina de Assis?

— Justamente, do escritor Machado de Assis, aquele que descrê da bondade das pessoas, aquele para quem são todos ferinos, egoístas, interesseiros, esse Machado que você criou para escrever seus romances e que se ri, enquanto espreme almas... Mas que não me engana. Não foi com esse ser encruado que me casei, ora!

— Nunca pretendi enganá-la, Carolina.

— E que não engana também seus amigos. Só por gentileza, fingem que acreditam que esse Sr. Machado de Assis é mais do que um personagem... Um personagem-autor... Seu disfarce para sair em público!

— Carolina! — Ela sabia que havia tocado num ponto extremamente delicado, algo que fazia o marido sentir-se inseguro, ameaçado...

— O garoto...

— Eu sabia!

— Sim, meu marido, o garoto. O que eu quero é que você não o espante daqui com sua cara feia, nem com seus comentários azedos. Custa tanto assim?

— Carolina... — a voz de Machado enterneceu-se... —, quantas crianças tivemos por aqui, que você trazia, passavam um tempo, conquistavam você... mas iam embora. Vão sempre, não se tornam filhos nossos. E só fazem você se iludir, sofrer...

— Não me iludo. Não sou uma tonta... Sei que não se tornam nossos. Mas a falta que sinto de uma criança pela casa... É só o que eu quero, ele, um pouco, por aqui, falando, rindo...

— Se tivéssemos tido filhos, já seriam casados, e estaríamos sozinhos do mesmo modo.

— Teríamos netos, então. Quanto a sofrer, você sofre também.

— Certamente — confessou, constrangido, Machado. — Mas sofro... com o seu sofrimento — emendou-se.

— Mentiroso. Fingido.

— Carolina! — Machado espantava-se cada vez mais com a ousadia da esposa naquela noite.

— Sofre, você também, senhor meu marido, a perda. E tem medo de perder... a quem gosta. Então, afasta, como se assim pudesse não gostar. Você simpatizou com o garoto, por que fingir?

— Eu? Absurdo. Sabe o que ele pensa que livros são? Seriam uma reflexão sobre o mundo? Sobre o enigma da desfaçatez humana? Sobre a inabilidade das pessoas para ser feliz? Sobre o sofrimento de viver? Não. Para ele, são um reclame que o ajudaria a vender sei lá o quê. Já escrevi sobre vermes que roem livros com mais reverência do que isso. Sim, a imagem é certa... Vermes que não amam o livro que roem, nem se desagradam dele; roem, apenas. Esse garoto...

— É um garoto, somente um garoto pobre... Como você foi, Machado. Você vendeu doces, ajudou na missa como coroinha, fez de tudo para...

— Para poder ter educação! Para ser alguém e ter um dia meus próprios livros. Sabe o que eu sentia vendo a biblioteca dos outros? Os livros que eu não podia adquirir nas livrarias? E ele quer ler um livro para... Ora!

— Sabe o que ele deve sentir entrando e saindo da casa dos outros quando mora tão humildemente? Carregando coisas que ele não poderá comer?

— Claro que sei!

— Não tenho tanta certeza. Acho que você precisa lembrar. Recordar. Descobrir outra vez. Ou esqueceu de propósito, por puro medo. E você precisa lembrar disso.

— Quem disse?

— Eu sei. Vá, marido, confesse que gostou dele...

— *Você* vai sofrer uma vez mais.

— *Nós* vamos... Talvez! Mas até lá...

Machado ficou em silêncio por alguns instantes. E Carolina sabia que dizer o que ela lhe pedira que dissesse era demais para ele. Tanto que era um pedido que, na verdade, e Machado o sabia, nada exigia. Mas Carolina não se surpreendeu quando a mão do escritor procurou a dela, quando os dedos se apertaram nos seus, suavemente, e mesmo assim transmitindo um calor, uma aceitação que ia e voltava entre os dele e os dela, até que provocou nela uma onda de felicidade, e umedeceu-lhe os olhos. Ela suspeitava, mas respeitava o jeito dele de ser, o bastante para não aproximar o rosto do dele, tentando verificar, ou mesmo constatar, mas suspeitava, sim, que o mesmo choro contido estaria luzindo nos olhos dele, e que essa era a razão de seu silêncio.

8 Domingo, dia de pipa

Havia reis e rainhas no São Romão.

Juca era um deles.

Seu reinado era aos domingos à tarde.

Era então que todos os outros garotos do São Romão lhe rendiam homenagens.

A cada um, sua glória. Estela era a garota mais bonita, e também a mais tímida. Jerônimo, nas noites de sexta-feira, reinava com sua viola e sua voz, entoando modinhas e cantigas. João Romão era o português dono do cortiço que ele mesmo havia levantado, naquele terreno herdado, à custa de expedientes acobertados pela madrugada — do tipo furtar material de construção de canteiros de obras, nas residências e logradouros públicos da vizinhança — e de mourejar, quase de sol a sol, na venda que também lhe pertencia.

E Juca, entre todos os garotos do São Romão, e mesmo dos arredores, virava rei quando o papagaio de papel com suas cores — o negro e o encarnado — ganhava o céu, muito, muito acima das cabeças e das casas de todos. Seus mergulhos eram sempre os mais rápidos, os mais audaciosos — quem a eles assistia pela primeira vez jurava que a mão, em terra, não conseguiria erguer de novo o papagaio. Mas o papagaio sempre se alevantava. Nas batalhas, no alto, ainda não encontrara quem o tivesse derrotado; ou melhor, acontecera duas ou três vezes, mas a revanche, a tira-teima e mais as tantas derrotas que se seguiram sobre esses adversários, com Juca mordido em seus brios, foram tão contundentes, que só lhes restou uma pouca fama — jamais um reinado, como era o de Juca —, a de referirem-se a algum deles eventualmente como: "Ah, o Mequinho? Não foi ele que venceu o Juca, uma vez?". A admiração causada pela exceção tornava a regra ainda mais sólida: Juca era rei inconteste entre os soltadores de pipa de Botafogo e seus admiradores.

Para aquele garoto baixinho, sem pai nem irmão mais velho, que precisava evitar ou escapulir das brigas, seu reinado era muito importante. Tanto que se preparava para honrar seu título e para defendê-lo desde sexta-feira à noite, quando, aproveitando que todo mundo no cortiço, inclusive João Romão, reunia-se no terreno central, o qual, embora de reduzidas dimensões, servia de área de circulação entre as habitações e de varal para as muitas lavadeiras e donas de casa do São Romão. E de *salão de festas*, nas sextas-feiras. Lá ficavam, escutando as cantorias do Jerônimo, tomando umas e outras para acompanhar, e disso aproveitava-se, sorrateiro, o Juca, para penetrar na venda do João Romão.

O português João Romão não cobrava nem mais caro nem mais barato, o aluguel, do que outros cortiços do bairro. E o São Romão oferecia duas vantagens. Uma, era a água de graça, a bica que jorrava farta do córrego que vinha lá de cima do morro. Outra, que o português selecionava muito bem quem morava em suas casas. Assim, diferente dos demais cortiços, o São Romão nunca fora invadido pela polícia, o que representava orgulho para os inquilinos — "morador do São Romão é trabalhador, é gente de bem" — e segurança, já que os policiais, quando entravam, desciam pancada em quem estivesse pela frente, e só depois se preocupavam com assuntos de trabalho, isto é, em chegar a quem, propriamente, motivara a invasão.

Por conta desses benefícios de morar ali, os inquilinos aceitavam dois tratos, dois acordos. Um bem firmado, de aperto de mão e palavra dada: os moradores deviam comprar seus mantimentos, da farinha ao sabão, na venda de João Romão, que não dava descontos aos seus inquilinos, mas que deixava irem pendurando os gastos, e pagando-os ao final de cada mês. O outro acordo era a razão de Aurora nunca pedir a Juca que fosse à venda comprar coisa alguma. Não era um trato que alguém mencionasse, não fora firmado quando da ocupação da casa, mas aprendido a contragosto pelos inquilinos. João Romão roubava no peso e nas contas. E quem reclamasse era expulso do São Romão.

Eram roubos de pouca monta. Nas contas, por exemplo, a maioria dos fregueses cativos da venda não percebia — pois, ao contrário de Juca, tanto entendiam pouco de números quanto estavam resolvidos que um ou dois vinténs que lhes escorresse do bolso, a cada visita à venda, não era injúria tão grave. Juca, por seu lado, protestava para a mãe: era sempre um roubo e acabou-se, dinheiro ganho com trabalho duro que se perdia. D. Aurora tentava acalmar o filho apelando para o próprio espírito prático do garoto:

— Pior seria sair daqui, Juca!

O garoto ficava vermelho de raiva, mas cedia. Em termos...

Já vira João Romão virar fera com quem atrasava aluguéis. Sua própria mãe, numa época — logo antes de empregar-se na casa dos Matacavalos —, sofrera com os destratos do proprietário do cortiço. Como João Romão sabia que Aurora era trabalhadeira, que tinha boas recomendações e que seria apenas questão de tempo para encontrar novo lugar para trabalhar, não fez sequer menção de expulsá-la, deixou-a ir ficando, e mesmo manteve seu crédito na venda, com a adição de juros. Mas havia os olhares de má vontade e as indiretas:

— A senhora precisava fazer como eu, D. Aurora — disse-lhe um dia João Romão. — De tudo que ganho, tiro de lado o que preciso para os gastos e, do que sobra, vou juntando para os tempos difíceis.

— Mas o que sobra do quê? Quem disse que sobra, seu João Romão? — respondeu-lhe Aurora.

Houve famílias de boa índole que intimidavam-se com os escândalos de João Romão às suas portas, e abandonaram a moradia correndo, mesmo à custa de ter que amontoar suas coisas na casa de parentes. Além da vergonha de todos ficarem sabendo que não andavam podendo saldar suas dívidas, preferiam não arriscar em ver as ameaças do proprietário se concretizarem.

Assim, Juca, que aparentemente acatava os argumentos de sua mãe, guardava o que chamava de *acerto de contas* para as sextas-feiras à noite, quando entrava na venda do português pelo telhado — deslocando telhas soltas, suas conhecidas —, baixava-se pelas prateleiras repletas de mercadorias e, orientando-se com a luz que chegava lá de fora junto com a cantoria, ia até o enorme pote de cola de madeira, e de lá sacava um bocado, já estocando-o no jarrinho tampado com rolha que trazia. A cola que roubava de João Romão, um artigo caro para as finanças dos meninos do bairro, misturada a vidro moído, e passada na linha do papagaio de Juca, era o melhor cerol, o mais zangado, o mais cortante de todos da redondeza. Graças a ele, Juca mantinha-se rei.

Por isso, Juca não acompanhava sua mãe até Laranjeiras, aos domingos, que para Aurora era dia de descanso só até depois da missa. Precisava ir até lá servir o almoço e depois deixar tudo arrumado. Juca ficava no São Romão. De fato, quase não havia movimento no Largo do Machado, nem de gente querendo engraxar, nem de compras sendo feitas. E, às vezes, ainda ganhava uma moeda ou outra no próprio cortiço, ajudando alguém no serviço de casa. Mas depois do almoço, quando o São Romão fazia a sesta, Juca saía pelos fundos do terreno, que dava no morro, com seu papagaio debaixo do braço. Encontrava cabras pastando pelo caminho, cachorros espreguiçando-se, e ia subindo. Era sempre o primeiro a chegar. Quando o cortiço despertava do cochilo da tarde, a pipa de Juca já estava no céu, bem acima deles, como que provocando, desafiando adversários. Outros garotos corriam para o morro com seus papagaios, e a distância respeitosa que os mantinham do de Juca era a justa homenagem que lhe deviam.

Naquele domingo, entretanto, ao chegar ao pequeno platô no morro, de onde os garotos soltavam seus papagaios, para surpresa de Juca, já lá estava o Mequinho, aquele que o derrotara, uma vez.

— Será que hoje vamos ter quem nos enfrente? — segredou para o seu papagaio.

Mas Mequinho, para frustração de Juca, não queria briga. Pelo contrário, manteve o seu papagaio debaixo do braço, e apenas aproximou-se do menino, puxando assunto. Juca não gostava que nada o distraísse enquanto controlava o voo do seu negro e encarnado. Não viera ali para conversar, mas para justificar, como sempre, o seu título. Mequinho, entretanto, garoto mais velho e mais robusto do que Juca, e que não dava bola para ele, no dia-a-dia do São Romão, tinha prosa a desfiar, enquanto Juca estivesse ocupando seu trono...

— Fiquei sabendo outro dia que a sua mãe trabalha numa casa, lá na Rua das Laranjeiras.

— É, trabalha.

— Pois é, fiquei sabendo...

— E daí? — interrompeu Juca.

— Bem, acho que conheço a tal casa. Morava lá um sujeito muito estranho. Minha mãe lavava roupa para a família, até que a mulher desapareceu.

— Desapareceu, como? — perguntou Juca, sem tirar os olhos da sua pipa.

— Bem... Ele disse que ela viajou para a Europa. Nunca mais deu notícias. E como o sujeito não conversava com ninguém...

— É...? — Juca havia aprendido (*lei de esperteza*) que o melhor jeito de fazer outra pessoa soltar logo o que tinha para contar, e ir direto aos pontos principais da história, era fingir algum desinteresse. Querendo atrair atenção, a outra pessoa ia dando mais e mais. Tal qual se dá linha à pipa... — E daí? Pode acontecer.

— Diziam também que a casa era assombrada. E que o sujeito era um lobisomem.

— Ué... Por quê? — Juca arregalou os olhos, não conseguindo mais esconder seu interesse.

— Bem, o sujeito morava sozinho... De um determinado tempo para frente, deu de só sair à noite, até que desapareceu também.

— Não desapareceu nada! O Matacavalos comprou a casa.

— E esse tal já não era viúvo? A primeira mulher morreu de quê? Quem é que ia querer comprar uma casa assombrada, a casa de um lobisomem? — insistiu Mequinho.

Juca pensou um pouco, depois deu de ombros:

— Comprou porque era barato. E o resto é história.

— E por que um lobisomem ia vender sua casa barato? A não ser que fosse para um amigo dele. Alguém que também fosse um...

Juca soltou uma gargalhada, como quem diz: "quanta bobagem!". Mequinho ficou sem graça, e ainda mais quando Juca desafiou-o:

— Não vai soltar sua pipa hoje?

— Não... Acho que o vento está derrubando... Sabe como é...

— Não — disse Juca, malicioso. — Para mim, o vento está muito bom.

9 De autoria defunta

Mal se contendo de felicidade, Carolina introduziu Juca na biblioteca. Ao dar, porém, com a carranca de Machado, ela fechou a sua também, e o casal travou um breve diálogo, por meio de olhares:

"Se é para fazer com má vontade...", reclamou Carolina.

"Quem está de má vontade?", exasperou-se Machado.

"Essa sua cara..."

"É a minha, que hei de fazer?"

"Por favor..."

"Hum!", resmungou, afinal, Machado, e a seguir contraiu os músculos do rosto, num sincero esforço para sorrir.

O esforço foi compreendido e bem aceito por Carolina, que se deu por satisfeita, e saiu deixando o menino e o marido a sós. Juca, por seu lado, viu um canto dos lábios de Machado subir, o outro descer, e nada se encaixar com nada, muito menos em algo que lhe parecesse uma boa acolhida. Finalmente, de solavanco, fez uma desajeitada mesura diante de Machado:

— Boa tarde, Sr. Presidente.

— A que presidência você está se referindo?

— Como? — engasgou Juca. — Bem... é da... é da... O senhor é presidente de mais de uma coisa?

— Não... De *uma coisa* apenas.

— Então é dessa mesmo! — concluiu Juca o primeiro embate, considerando-se vencedor. Isso lhe deu mais confiança.

Machado franziu a testa alta, e tanto que os óculos lhe escaparam do nariz, e ficaram pendurados, pelo cordão de prata, ao colete. O escritor recolocou-os, e desceu os olhos sobre o garoto. Meio sem graça, Juca voltou-se para as prateleiras, cheias de livros. E vez por outra, como da primeira vez, era sobressaltado por arrepios.

— Meus livros o assustam? — inquiriu Machado, sem poder evitar certo tom de satisfação, na voz.

— É que eles... são quase todos... — Juca pensou dois segundos no que queria dizer, e a expressão veio de estalo, como também num estalo desprendeu-se. — ... São quase todos de autoria defunta, não é?

— O que você quer dizer?

— Só tem gente morta aí...

— Ah!... — Machado percorreu seus livros com um olhar. Nunca havia pensado neles dessa forma, nem em si, como alguém que, no lugar onde se sentia mais à vontade no mundo, sua biblioteca, estaria cercado de lápides. Mas essa era visivelmente a impressão que o olhar do garoto passava, como se estivesse num cemitério. E nesse caso, a visão faria de Machado, ali na sua frente, algo como o “Senhor das Assombrações”. O pensamento divertiu o escritor — isso, ele reconheceu —, e a contração de seus lábios, dessa vez, foi mais semelhante a um sorriso, mesmo para Juca, que se animou...

— Quer dizer, sei que eles estavam vivos quando escreveram e...

— Mortos podem ser interessantes.

— Como? — Juca arregalou os olhos.

— Sim, conheço alguns que falam.

— E o senhor os escuta... aqui?

— Certamente. Principalmente aqui, entre todos os aposentos desta casa, é onde vêm ao meu encontro. Uma assombração em particular chega pela meia-noite, sempre, a hora que apavora, para me dizer: “Nunca mais”. E repete a expressão algumas vezes. Toda noite é a mesma coisa.

— Mas... O que quer dizer isso?

— E como vou saber? Não lhe perguntei. E não me responderia. Não importa... É um corvo que fala. E fala somente o que quer.

— Um corvo? E ele fala?

— Mas se é assombrado, eu já lhe disse!

— E o senhor... Não sente medo?

— Não, por que deveria? Habituei-me a essa gente. Tornaram-se íntimos. Sim, mortos falam e, às vezes, escrevem. — Juca olhou para a mesa do escritor, com medo que de repente a pena ganhasse vida e começasse a bailar traços sobre o papel. — E, como mortos já estão, escrevem o que bem entendem, doa a quem doer. Sem ter quem os conteste, frente a frente. Mordem, arrancam pedaços, e tudo isso com a alegria exalando-lhes pelos lábios.

— Jura?

— Sem dúvida. Mas, enfim, Carolina me disse que você queria que eu lhe recomendasse um livro.

— Não! — exclamou Juca, de susto, para surpresa de Machado.

— Não? Mas então...

— Quer dizer... Quero, sim. Um livro... bom de história!

— Hum... Já leu *A moreninha? O Guarani? Lucíola?*

— Não... Bem...

— Ora, mas então você não conhece nada! — impacientou-se Machado.

— Qual desses livros é o menor?

— O menor? Mas que critério é esse?

— Eu não tenho muito tempo para ler. A gente acorda cedo, eu e minha mãe, e trabalha o dia inteiro.

— Eu também acordava cedo, na sua idade, e também trabalhava o dia inteiro.

— E lia?

— Mas é evidente que eu lia.

— Quando?

— Lia no caminho para o trabalho. Na hora do almoço, quando tinha almoço. Lia na volta, e depois que terminasse as tarefas de casa. Lia...

— Eu posso ler, um pouco, depois de contar minhas moedas.

— Suas moedas...

— É, as que estou juntando para comprar minha loja, daqui a uns anos.

— Uma loja... Uma livraria? — arriscou Machado, quase sem querer escutar a resposta.

— Não, isso não dá dinheiro, Sr. Presidente.

— Hem?

— Claro. Vejo um monte de gente na rua andando sem livros na mão. Mas sabe o que todo mundo compra, mal junta uns tostões? Sapatos. Vou vender sapatos, luvas, bengalas para cavalheiros, e...

— Carolina! — berrou Machado. E seu rosto estava tão furioso, que Juca bateu em retirada, à toda, da biblioteca.

A mulher do escritor estava no corredor em estado de alerta. Juca passou por ela, zunindo. Por um instante, Carolina ficou dividida entre acudir o garoto ou seu marido. Decidiu pelo marido — afinal, o grito dele lhe soara como um pedido de socorro. No que entrou na biblioteca, Machado voltou-se para ela, abrindo os braços, e seu olhar lhe disse:

"É impossível!"

Uma hora depois, já no começo da noite, Juca deixou a casa no Cosme Velho. A pedido de Carolina, ele havia avisado à mãe que "tinha um serviço a fazer, até mais tarde, no sobrado de uma freguesa", e que voltaria para casa sozinho. Carolina deu-lhe jantar e dinheiro para o bonde. Deu-lhe também uma moeda, de *remuneração*. Por essa, Machado repreendeu-a...

— Se você tem de pagar a ele, para vir aqui...

— Eu sei! — respondeu, suavemente, Carolina. E suspirou...

Juca havia decidido que voltaria para casa a pé, deixando para a sacolinha a moeda do bonde. "Que sujeito mais doido!", reclamou consigo mesmo. "A senhora é boa, mas ele... E não entende nada de nada. Vive só naquela biblioteca! Aqueles livros todos fazem ele acreditar em *coisas*... Não volto mais lá", decretou.

De repente, já na Rua das Laranjeiras, na calçada oposta, como se fugisse da luz do lampião, Juca teve a impressão de reconhecer o vulto alto, corpulento, com um sobretudo preto que descia até os tornozelos. Teve a impressão, ainda, de que ele também o reconhecera, e que olhara para ele com raiva, apenas um relance, sob o brilho trêmulo do alto do poste, carregado de contrariedade por ter sido visto e identificado. A seguir, a figura apressou o passo, e logo sumia na escuridão.

Que era o Matacavalos, sem dúvida que era. Mas Juca ficou impressionado com a expressão que lhe enxergara no rosto, mesmo tão rápido, mesmo a distância e com pouca iluminação. Foi algo que o fez parar um instante, reavaliar sua intenção de ir a pé até em casa, e depois, quase sem sentir, olhar para o alto, procurando, para ver se era noite de lua cheia.

Era.

10 D. Malu

Na casa dos Matacavalos, já com o cair da noite, Malu foi ficando cada vez mais aflita. A todo instante, sobressaltada, corria para a janela e espiava para a rua. Aurora já havia terminado o serviço fazia tempo e, apesar de saber que Juca estaria indo para casa mais tarde, temia que ainda não estivesse lá, para recebê-lo, quando o filho chegasse.

— Por caridade, Aurora. Espere mais um pouco — pedia Malu.

— Mas e se o patrão estranhar eu ainda estar aqui?

— Eu digo... qualquer coisa. E pago o coche para você voltar para casa. Pelo menos, até ele chegar. Pelo menos, para ele ver que não estou abandonada.

— Mas o que pode acontecer?

— Eu não sei... Eu não sei...

E Malu esfregava as mãos, nervosamente. Seus olhos, aterrorizados, estavam pregados no chão.

— Aurora, eu sinto que estou em perigo. Oh, por favor. Domingo foi um dia tão terrível. Só lhe digo essas coisas porque sei que você tem pena de mim.

— Mas o que aconteceu? Por favor, D. Malu, não chore.

Aurora apertou-a contra si. Malu soluçava.

— Ele me olhava... como se estivesse com ódio de mim. Fiquei assustada, depois que você foi embora, eu me tranquei no quarto... Ele ficou andando pela casa, e...

— E...?

— Depois, não escutei mais nada. Abri a porta com cuidado, comecei a procurar... Ele havia saído de casa. Só voltou muito tarde, já de madrugada. Eu escutei quando ele entrou. Mas quando não conseguiu abrir a porta do quarto, que eu havia trancado, soltou uma praga, um... Qualquer coisa abafada, eu não entendi...

— Por que a senhora não pergunta a ele qual é o problema? Tente conversar...

— Ele não está mais falando comigo, Aurora. Não adianta. Só me olha... daquele jeito.

— Então... Chame um padre.

— Como?

— Chame um padre, para pôr vocês dois para se entender, ou para escutar um e outro, depois... depois...

— O Tiago ia ficar furioso. Não, Aurora, eu só tenho você. Por favor...

A porta da frente foi aberta, com certa rispidez, sem a preocupação de evitar que batesse — na verdade, mais escancarada, com um empurrão impaciente, do que aberta. E mais jogada, à passagem de quem entrou, do que fechada.

Malu enxugou as lágrimas, ligeira, e recompôs o rosto, como pôde. Depois agarrou a mão de Aurora e puxou-a para a sala. Deram com Tiago Matacavalos ainda tirando o sobretudo. Sua figura quase gigantesca já impressionava, ainda mais quando as encarou, por debaixo de suas espessas sobrancelhas negras, sem dizer nada. Aurora sentiu a mão de Malu enregelar-se na sua, e depois examinou por um instante ou dois o rosto de seu patrão. Viu um semblante duro e frio, sobrecarregado até, mas que pouco lhe dizia sobre o que ia na mente do homem.

— Aurora já está indo... E a ceia está pronta... Eu estava esperando por você.

Tiago Matacavalos deu de ombros e internou-se para dentro da casa.

— A senhora vai ficar bem? — preocupou-se Aurora, ao despedir-se.

— Eu só queria que você o visse... Viu como ele está... Ele está...

— Vi, vi sim... Oh, meu Deus, mas não sei o que dizer.

— Eu temo... — sussurrou D. Malu — ... que ele esteja enlouquecendo. Agora, por favor, vá, senão ele vai se aborrecer, e é pior. Vá, vá!

11 Somente uma história de amor

Machado deteve o balançar da cadeira e dirigiu os olhos para Carolina. Ela estava de pé, de costas para ele. Carolina havia lhe servido o chá do final da noite. Mas não o tomara com ele, nem viera sentar-se junto a Machado para conversar. Eram sinais mais do que evidentes. Finalmente, Machado desabafou:

— Pague, então. E ele volta quantas vezes você quiser.

Carolina soltou um suspiro — era só o que fazia, desde a saída de Juca. E sem dar uma palavra a Machado, que a provocava, vez por outra, tentando alguma reação.

— Carolina, eu tenho que lhe dizer isso... Você se apaixona demais pelas pessoas. E rápido demais, também. É só aparecer uma criança na porta de casa pedindo comida, que você se inquieta, no dia seguinte, por imaginar quem lhe dará um pedaço de pão. E se ele retorna, então...

— Nós estamos velhos, meu marido — Carolina virou-se para ele, de repente; suas palavras deixaram Machado atônito.

— Mas o que isso tem a ver com...

— Velhos, velhos... E vamos ficar cada vez mais sozinhos.

Finalmente, ela vinha sentar-se na cadeira de balanço, junto dele.

— Você tem razão — murmurou ela, com uma tristeza que fez Machado querer fazer qualquer coisa para remediar. Mas não podia... — Sim, meu marido, você tem razão. Pareço uma maluca, só falta roubar uma criança das ruas e prender dentro de casa, só para... Só para ter...

As lágrimas a emudeceram. As mãos de Machado tremiam, com medo de tocá-la, de alisar seus cabelos, de trazê-la para junto de si. E foi Carolina quem, apesar do choro e da tristeza, abriu os olhos, dando com a desolação em seu rosto, e o puxou para o peito.

Um consolando o outro, permaneceram algum tempo abraçados, até que Machado empertigou-se e Carolina achou melhor soltá-lo, "antes que tenha um troço"... E já ria por dentro com a sua própria observação. Até mesmo lembrou-se do que Machado havia tentado conversar com ela, horas atrás...

— Você estava falando do seu próximo romance. É nesse que você vai atender ao meu pedido?

— Mas qual?

— Contar a história por intermédio de alguém capaz de ver algo de bom nas pessoas...

— Ora...

— Pois, bem. Ainda não é nesse, então. Do que se trata?

— Acho que... não vale a pena gastar tempo nisso. É somente uma história de amor.

— Não diga! — brincou Carolina.

— Sim, dois irmãos apaixonados pela mesma moça, que também os ama e não consegue decidir-se por um deles.

— De fato, muito romântica.

— Não acha que vai agradar às minhas leitoras?

— Vão adorar.

— Então...?

— Então, o quê? — debochou Carolina.

— Esse seu sorriso...

— Por que você não me diz logo o que está tramando meter nesse seu livro, escondido sob esse agrado às suas leitoras?

— Agradar às minhas leitoras é muito importante.

— Claro que é.

— Então...?

— Então, o quê? — repetiu Carolina, para desespero de Machado.

E só então o escritor começou a desfiar, sem disfarces, as ideias que já tinha em mente sobre o seu próximo romance.

A tristeza que Carolina tão bem guardou, para que não atrapalhasse aquele final de noite, foi diminuindo aos poucos. Ir de vez, não foi.

12 "Um grande perigo..."

Nove horas da manhã e já três engraxadas. Considerando a concorrência, que aumentava dia a dia, Juca tinha motivos para comemorar. E, diminuindo o sol da tarde, chegava a hora de carregar compras. O garoto postou-se, alerta e espigado, esperando os fregueses.

De repente, Juca arregalou os olhos, e toda a sua postura, em movimento contrário, tentou encolher-se, antes que ela chegasse perto dele. Era de fato muito desaforo da mulher...

— A senhora... de novo?

— Carrega minhas compras, garoto?

— Só se pagar adiantado.

A cartomante abriu sua enorme boca, pronta para despejar desaforos. Mas se deteve, lembrando-se de que, com sua má fama, a essa altura todos os outros carregadores já deviam ter se escondido. Enfiou a mão na bolsa, sacou de lá uma moeda, que atirou para Juca. O garoto pegou-a no ar.

— Vamos? — resmungou a cartomante.

— Ainda falta!

— Como assim? Eu acabo de pagá-lo, seu miseravelzinho.

— Pagou pela vez passada, que estava devendo. Falta pagar adiantado, por esta vez.

— Mas, se eu... Ora! — Os olhos da mulher disparavam dardos envenenados. — Não se desafia assim uma mulher como eu! Fiz uma previsão para você, de graça!

— E do que aquela droga me serviu?

— Não despreze as forças sobrenaturais, garoto. Você não sabe com o que está brincando. — A voz da cartomante havia se tornado rouca, de repente, e, por uma razão qualquer, em plena luz do sol, a proximidade da mulher provocou um arrepio desagradável em Juca. Ele recuou dois passos, e a cartomante, com os olhos revirados, pôs as mãos na cabeça, prosseguindo, em seu oráculo: — Negue, se for capaz, que naquele dia você teve um encontro importante...

— Eu... Eu não sei...

— Sabe, claro que sabe, alguém entrou em sua vida, e nela, a partir de agora, estará para sempre.

— Eu nem lembrava o que a senhora tinha dito.

— E o perigo de que lhe alertei... Eu o vejo... cada vez... mais perto... mais perto!... Ahhh!

A mulher soltou um rugido, ainda rouco, como se uma bolsa de ar escapasse de sua garganta. Depois, abriu os olhos, deu com o garoto pálido à sua frente, ajeitou os cabelos, e disse:

— Então, vai carregar minhas compras, agora?

Juca não teve coragem de recusar. Saiu atrás da mulher, que entupiu até a borda o cesto do garoto de mercadorias.

Já depois de deixar as compras da cartomante em sua casa, voltando ao seu ponto, Juca surpreendeu-se de ver a mãe ali, parada, esperando por ele. Compreendeu que alguma coisa havia acontecido. Era cedo demais para seguirem para o São Romão. E, no entanto, ela disse, assim que ele chegou:

— Vamos, Juca...

— Mas, mãe... O que houve?

Juca percebeu que Aurora estava trêmula, e contendo o choro a muito custo.

— Por favor... não discuta. Vamos indo!

— Por que você saiu mais cedo?

— Eu não saí... Nem entrei. Fiquei até agora parada lá na frente do sobrado, querendo ver alguma coisa, mas não adiantou.

— Eu não estou entendendo nada, mãe...

— Juca... Aquele homem... Eu fui despedida... Agora, vamos para casa, pelo amor de Deus?

13 Calças amarelas e outras manias

— Não acredito que você tenha feito isso, Machado. A edição inteira? Dois mil exemplares?

— Como não, Conselheiro?

— Mas por causa de uma vírgula?

— Uma vírgula que não deveria existir. Uma vírgula que precisava ser apagada, eliminada, extirpada! Um erro que eu não poderia deixar ninguém pensar que fui eu que cometi. Ora, esses tipógrafos distraídos!

— Mas, ainda assim, uma vírgula, Machado! É motivo para correr à livraria e implorar?

— Exigir! Eu pagarei a reimpressão do meu livro.

— E o que vai fazer com os exemplares que recolheu?

— Ora... — E Machado adiantou o bispo, diante do assombro do seu amigo, que subitamente viu-se em xeque-mate. — Queimá-los! — finalizou o escritor, duplamente triunfante.

Machado ergueu seu cálice de vinho do Porto, irradiando felicidade. O Conselheiro deu de ombros, mas aceitou o brinde, amistosamente. Carolina acudiu, com mais um prato de docinhos — ninhos de ovos, pastéis de Santa Clara. O Conselheiro serviu-se de um pastel, e a seguir fitou o teto, pensando em como vingar-se da derrota no xadrez. De repente, acudiu-lhe uma lembrança promissora.

— Lembra-se do Callado?

— Deveria? — indagou Machado, colocando-se em alerta. Reconhecia de longe as manobras do amigo.

— Nós o encontramos outro dia na Rua do Ouvidor. Deve lembrar-se, estava vestindo umas extravagantes calças listradas.

— Mas se não lembro nem das calças que vesti ontem. Sei por certo apenas que não eram amarelas, porque odeio o amarelo. De resto...

— O Callado, crítico literário.

— Ah, aí está por que não me lembrei dele.

— Mas se você mesmo é crítico, Machado... — admoestou-o o Conselheiro, fingindo espanto. Ele também conhecia de sobra os disfarces do outro. — E estou me referindo ao Callado porque, inclusive, li uma crítica dele ao seu *D. Casmurro*.

— É mesmo? Eu não vi. — Machado já ia pondo sua carranca. O Conselheiro não acreditou nele.

— É uma pena. À certa altura, tornava-se engraçada.

— Fazer graça com os livros dos outros... Hum!

— Dizia que você limitou o Rio de Janeiro a um círculo, e que o vai fazendo cada vez mais fechado. Andaraí, Botafogo, Santa Teresa, Laranjeiras, Glória... E mais nada.

— E daí?

— Mas se ele não falou por mal. Louvou-lhe a economia, digamos, geográfica. E diz mais, que se você continuar escrevendo, provavelmente, daqui a pouco irá se apurar tanto nisso que não precisará mais deixar nenhum de seus personagens sair de casa.

Carolina engasgou, para não cair na gargalhada. Machado ergueu-se da cadeira, de supetão. Mas não fez nenhum comentário. O Conselheiro tinha certeza de que, mal ele saísse, Machado procuraria a crítica — que teria guardada, certamente —, que a leria ainda uma vez, para ter em mente argumentos com que desancar o seu autor, e que depois a rasgaria, para nunca mais tê-la à sua frente.

— Boa noite — foi dizendo o Conselheiro, engolindo rápido o último bocado do pastel que restava no seu pratinho. Como sempre, Carolina levou-o à porta.

— Sabe, minha boa Carolina, que o futuro indagará a respeito do seu marido: "Quem é ele? Quem é esse ser que escreveu essas histórias?". E isso será o mistério de nossa literatura.

— Mas, para mim, ele não tem mistérios.

— Justamente, esse é o maior de todos — insistiu o Conselheiro. — Como esse mesmo homem pode, na intimidade, tornar-se esse *outro* tão... sem mistérios? Um homem tão... transparente?

Os dois riram, e já se despediam, quando uma batida persistente, na aldrava da porta, os fez deterem-se, alarmados.

— A esta hora?

Machado, que também escutara, veio chegando, lá de dentro. Sob as vistas do Conselheiro, Carolina abriu a porta:

— Juca...

— Por favor! — O menino parecia ter chorado muito, estava tiritando de frio, e muito nervoso. — Desculpe a hora, mas eu pensei... Eu pensei...

— Entre, Juca. Oh, meu Deus... Sua mãe sabe que você está na rua, tão tarde?

— Ela não queria que eu viesse, mas disse que era o único jeito, daí ela se convenceu. Quis vir também, mas eu... Eu... — Ao entrar, o garoto deu com o olhar pesado de Machado.

Era nítido que o escritor sentia certa contrariedade em ter Juca de volta na sua casa. Afinal, mesmo Carolina ocultando sua tristeza, Machado a pressentia. E já vira aquilo acontecer tantas vezes...

— Se eu puder ser de alguma ajuda... — ofereceu o Conselheiro.

— Não, não... Já está na sua hora — disse Carolina. E os dois se despediram. Juca foi parar no meio da sala, sem saber onde enfiar os braços, nem, para dizer a verdade, todo o resto do corpo, principalmente o rosto, que lhe ardia incomodamente, sem ele se decidir por onde começar. E, para variar, como acontecia nessas horas, atrapalhou-se...

— Aquele homem... Ele despediu minha mãe. Não pagou o mês. Não deu carta de referência... Assim, minha mãe não arruma outro emprego. E sumiu com a mulher dele. Foi por isso!

Machado e Carolina ficaram estatelados, não tanto pelas palavras, quanto pela maneira torrencial como saíram da boca de Juca. Machado pigarreou, pouco à vontade:

— Você precisa tomar umas aulas de como se arruma uma história, antes de pretender nos contar qualquer coisa.

— Por favor, Sr. Presidente! — interrompeu Juca. — É muito importante. Ajude a gente!

Carolina, aflita, implorou a Machado com os olhos; ele ainda quis recusar, ela insistiu...

14 Uma cara de Deus me livre

Machado reparou que, apesar de seu nervosismo, Juca teve a habilidade de, ao aceitar o convite para sentar-se na sala, colocar-se bem ao lado do prato de docinhos, deixado pelo Conselheiro. E também que o garoto falava aos bocados: um bocado da história, interrompia-se, um docinho abocanhado de uma vez só, outra pausa... E que quando as pausas não eram bem dadas, em vez da história saíam da boca de Juca pedaços de doce. Carolina já havia corrido da cozinha, de onde trouxera uma grande xícara de café com leite e um prato com uma generosa fatia de bolo. E estava a postos para renovar os suprimentos, se percebesse que Juca seria capaz de comer mais alguma coisa. O que Machado, intimamente, apostava que ia acontecer...

Apesar de bastante entrecortada, Juca repetiu a história que sua mãe lhe contara. Naquela segunda-feira, bem cedo, Aurora, como de costume, chegou à casa dos Matacavalos, mas encontrou o portão fechado. A princípio, pensou que houvessem esquecido de deixá-lo aberto, como sempre faziam, para que ela entrasse, sem barulho. Hesitou, esperou, mas finalmente bateu palmas, chamando... Tocou a sineta...

— Então, minha mãe contou que demorou um tanto, mas que o tal do Matacavalos saiu de casa, com uma cara de Deus me livre...

— Foi o que ela disse? — indagou Machado, contraindo as sobrancelhas. — Uma cara de Deus me livre? E o que seria isso, exatamente?

— Mas o que importa isso? — reclamou Carolina.

— Ora... — Machado replicou candidamente. — Importam os fatos. Quando a gente ouve uma história, ou lê sobre algo, importa distinguir bem os fatos. Fatos que palavras e expressões que se usam para descrevê-los, às vezes, podem esconder. Assim...

— Foi isso o que minha mãe disse! — interrompeu Juca, impaciente. — Uma cara de Deus me livre, sim, senhor. Nem sequer lhe deu bom dia. Foi logo dizendo que não precisavam mais dos serviços dela na casa, que ela passasse depois para receber o que lhe deviam, e uma carta de recomendação. Daí, ela ficou meio sem saber o que fazer, olhando para o tal sujeito, que já ia virando as costas para ela. Então, meio que no susto...

— Ela estava assustada com o quê? — perguntou Machado.

— Com a cara dele, sei lá... Depois ela me contou um segredo...

— Segredos não são para serem contados, muito menos, recontados.

— Um segredo de D. Malu.

— Pior ainda — protestou Machado. — Dispôs do que sequer era dela.

— Bem, se não quer saber...

— Conte, conte sempre! — exasperou-se Machado. — Se já foi passado adiante, nem segredo é mais!

— D. Malu acha que o marido... está ficando maluco. E mamãe acha a mesma coisa.

— Ora, uma acha, a outra acha também... Que valor tem isso?

— Mas foi por essa razão que ela perguntou ao Matacavalos pela D. Malu. Pediu para falar com ela.

— E...?

— Daí, o homem virou uma fera. Enxotou minha mãe, chamou ela de atrevida, disse que estava sendo despedida de tanto que se metia na vida da casa... e... e... que não ia dar carta de referência para ela coisa nenhuma, que não adiantava ela voltar outro dia, que também não ia lhe pagar nada, falou que ela é que devia a ele, "pelos lanchinhos escondidos que a senhora tirava daqui para o seu filho, todo dia"... Foi o que minha mãe contou que ele disse... Daí, ela ficou morta de vergonha, não conseguiu dizer mais nada e... e...

Juca começou a chorar de novo. Carolina correu a abraçar o garoto, enquanto Machado cofiava a barba. Ficou um longo tempo olhando para o teto, calado, sem que Juca conseguisse adivinhar se ele estava pensando no que lhe dissera ou se estava simplesmente com sono...

— Tem mais... — balbuciou Juca, e Machado voltou-se para ele, surpreso, como se tivesse esquecido do que estavam falando.

— Sim, sim... — pediu Machado. — Continue.

— Minha mãe ficou vigiando a porta do sobrado por toda a manhã, e até umas tantas da tarde. Não viu ninguém sair nem entrar.

— Ela era a única empregada da casa?

— Não... Mas uma cozinheira da vizinhança disse que as outras também chegaram lá e foram despedidas. E isso também era estranho. Não havia movimento nenhum, como se a casa estivesse vazia. D. Malu não apareceu... E minha mãe disse que ela sempre saía para um passeio a pé pela manhã.

— E o Matacavalos não foi para o trabalho?

— Não... Mas minha mãe disse que ele agora só sai à noite.

— Só à noite? — estranhou Carolina. E, a seguir, voltou-se para Machado. — Essa história está começando a me assustar.

Machado deu de ombros:

— Você antes disse que a D. Malu...

— Ela andava com medo do marido... E ele comprou a casa de um lobisomem! Todo mundo sabe disso!

Machado arregalou os olhos, interessado:

— Todo mundo, quem?

— Ora... Todo mundo!

— Bem... — conformou-se Machado. — Está bem, todo mundo, então. Sabe, Juca, pode não ter acontecido nada demais. Essa D. Malu pode ter ido viajar, visitar parentes fora da cidade, ou pode ter tido uma indisposição hoje de manhã e resolveu ficar o dia em casa. Além disso...

— Como, nada demais? E a minha mãe?

— Bem... Creio que o Matacavalos deveria mesmo pagar a ela pelos dias trabalhados. Se fosse um homem generoso, talvez lhe desse também uma indenização. Mas...

— A carta de referência... Sem carta de referência, minha mãe não arruma outro emprego tão cedo. O senhor tem que exigir isso também!

— Eu! — Machado ergueu-se, atônito.

— É isso que eu vim aqui pedir, Sr. Presidente... Para o senhor...

— Mas que direito eu tenho de exigir isso dele?

— Ora, o senhor é um Presidente, não é?

— Das letras, garoto desavisado — irritou-se Machado, começando a gaguejar. — Quer dizer, da Academia Brasileira de Letras. E isso não tem nada a ver com o seu problema.

— Quer dizer que a sua presidência não serve para um caso desses? Tem certeza?

Machado a custo controlava uma explosão zangada contra Juca. Carolina correu para junto dele, percebendo o perigo.

— Talvez se o Juca for para casa, agora, e nós pensarmos um pouco a respeito do assunto... Então, ele voltaria amanhã e...

— E o quê, Carolina? Mas o que é que eu posso fazer?

O olhar desolado de Juca, a mão de Carolina apertando a sua... Machado soltou sua zanga, num suspiro:

— Mas, ora, que volte amanhã, então... Que volte...

De repente, Machado deu com um livro aberto sobre a mesa. Estivera lendo, justamente naquela manhã, um volume de novelas policiais escritas por Edgar Allan Poe. O semblante de Machado iluminou-se.

— Sim, que seja... Que volte amanhã!

— O senhor vai falar com o Matacavalos, senhor presidente? — animou-se Juca.

— Falar com ele? Sim... Talvez em algum momento tenhamos que falar com ele... Volte amanhã! Volte, sem falta... Ao cair da noite! E diga a sua mãe que amanhã dormirá aqui em casa.

Carolina não se continha de tanta felicidade. Não sabia se primeiro abraçava Juca ou beijava o marido. Mas, por certeza de que um gesto desses, na presença de Juca, faria Machado ter um ataque apoplético, preferiu agarrar o garoto.

— Tudo vai ficar bem, Juca — ela disse.

E o garoto, com os braços de Carolina a envolvê-lo, sem sentir, retribuiu o abraço, afundando-se mais ainda no colo da mulher. Já Carolina pensaria naquele abraço a noite inteira, quanto mais que, mesmo na conversa que ela e Machado tinham sempre antes de recolherem-se, mesmo de mãos dadas e ela lhe implorando que contasse o que estava dando aquela expressão de felicidade ao seu rosto, nem assim conseguiu fazê-lo abrir a boca.

— Você está parecendo mais criança do que o Juca, meu marido.

— Ora, grande vantagem! Aquele garoto é que às vezes assemelha-se a um velho, só pensando em dinheiro.

Mas aquela não era noite para Machado conseguir ser rabugento. O contentamento cortava-lhe o arremedo de zanga, e isso deixava Carolina ainda mais curiosa: "O que ele tem em mente?", ela se perguntava...

15 A vigília

Ao entardecer do dia seguinte, muito agitado, andando de um lado para o outro na sala, Machado, finalmente, perdeu a paciência, foi até a cozinha e disparou:

— Este garoto não para de comer?

Intimidado, Juca deixou a meio caminho da boca uma lasca consideravelmente grande do queijo do reino, que estava na mesa à sua frente, acompanhado de uma fruteira, com bananas, mangas e papaias, além de um bolo de fubá, um pão feito em casa e um pote de manteiga cremosa. Carolina fuzilou Machado com o olhar. O escritor fingiu não entender a recriminação da mulher e completou:

— Está quase na hora em que o Matacavalos costuma sair de casa.

— Como é que você sabe? — inquiriu Carolina, ainda aborrecida de ter o garoto roubado de si, tão abruptamente. Juca engoliu o queijo o mais ligeiro que pôde, olhou com tristeza para o bolo, do qual *só* comera duas fatias, até então.

— Tenho meus espiões em cima do homem!

— Verdade? — comemorou Juca. — Mas então? Eu sabia que ninguém era presidente à toa. Mandou a polícia atrás dele?

— Ninguém falou em polícia... Vamos logo — disse, apanhando a bengala.

Quinze minutos depois estavam postados próximos ao sobrado da Rua das Laranjeiras.

— Onde estão seus espiões? — perguntou o garoto.

— Bem... — e Machado olhou em volta. — Como saber? O Matacavalos reconheceria você?

— Acho que sim.

Machado consultou o relógio preso à corrente em seu bolso.

— De qualquer modo, já está escuro. Vamos chegar um pouco mais perto. Mas ficamos deste lado da rua, está bem?

— Espere! — pediu Juca, sobressaltado.

— O que é?

— Olha lá no céu!

— Como? — espantou-se Machado.

— Nós ainda estamos na lua cheia!

— Mas e daí, meu Deus?

— Vamos embora daqui! — berrou Juca, assustado. — Ele vai se transformar em lobisomem e mata a gente, que nem fez com a mulher dele.

O escritor deteve o garoto, olhando diretamente em seu rosto, como se Juca houvesse, ele sim, caído da lua.

— Você acredita nessa história? Acha mesmo que ele pode ser um lobisomem?

— Não... Quer dizer... Acho que... Sei lá!

— Ora, se tem imaginação suficiente para crer em assombrações, ainda há esperanças para você! — comemorou Machado.

— Hem? Quer dizer, eu não acredito em fantasma nenhum. É bobagem, e eu não sou nenhum idiota para...

— Se não acredita... — e Machado fez um sinal para Juca, apontando o portão do sobrado, que se abria — ... tente se controlar agora, que lá vem o nosso homem. Não podemos chamar a atenção dele.

Juca prendeu a respiração. O lampião da rua iluminou brevemente a grande figura, que trajava o mesmo sobretudo com que Juca o vira, poucos dias antes. Logo a seguir, pareceu que Matacavalos escapava da luz, procurando justamente os trechos mais sombrios da rua. Machado e Juca espremeram-se num canto, também protegidos na penumbra, e o viram passar.

Machado esperou um pouco, depois, cuidadosamente, puxou Juca para junto de si e, parado, ficou observando o homem, pelas costas, afastando-se.

— Muito curioso... — comentou Machado.

— O quê?

— Olha a maneira como ele anda. Não repara em nada? O que lhe parece?

— Parece... — Juca ia dizer que o vulto, grande, com andar pesado, parecia mesmo era "um lobisomem", mas terminou por responder: — Não sei!

— Claro que sabe. Observe... O que ele faz que não é comum?

Juca já ia dando de ombros, quando, de repente, algo chamou a sua atenção. Esperou mais alguns instantes e:

— Ele fez de novo!

— Isso mesmo! — exclamou Machado satisfeito. — Você percebeu...

— Ele fica olhando para trás e para os lados, como...

— Como...?

— Como se estivesse querendo ter certeza de que ninguém o está seguindo.

— Precisamente! — comemorou o escritor.

— Bem... — preocupou-se Juca. — Então o senhor vai falar com o Matacavalos quando ele estiver voltando?

— Não — respondeu Machado, tranquilo.

— Mas...

— Vamos para casa. Voltaremos depois de amanhã, para observar e colher mais informações. Enquanto isso, meus espiões...

— Informações?

— Claro. Como poderemos conduzir uma investigação sem reunirmos informações?

— Investigação sobre o quê? — estranhou Juca.

— Ora, sobre o que aconteceu com D. Malu...

— Mas o senhor disse que não tinha acontecido nada com ela.

— Eu, não! Disse que *podia* não ter acontecido nada. É diferente. Agora, estou acreditando que *pode* ter acontecido alguma coisa.

— Por quê?

— Porque ela não é vista desde domingo. Por isso. Meus espiões...

— Mas eu não quero saber de investigação nenhuma. Quero o dinheiro da minha mãe. E a carta de referências...

— Eu sei disso. Vamos voltar para casa. Depois de amanhã...

Juca resmungou por todo o caminho de volta. Já Machado ia contente da vida.

16 Os espiões

— Ao vencedor, as abóboras!

— Batatas... *Ao vencedor, as batatas!* É assim que o aforismo passará à imortalidade.

— Batatas eram ontem, mas foi abóbora que consegui para nossa sopa de hoje. E olhe lá! — replicou Simão, ao que Quincas treplicou, com indignação.

— É assim que você trata minha reflexão filosófica? Interpretando-a de acordo com o cardápio?

— Mas, meu preclaro Quincas, se é você quem sempre diz: "Humanitas tem fome!".

— Humanitas é um princípio universal, substância de todas as coisas. É a fome de Humanitas que nos faz ter fome.

— Minha fome é pura fisiologia. Cientificamente explicável. Reposição de energias, a química do corpo se recompondo, mais nada. Ora, esse seu Humanitas...

— Sua ciência é uma fábrica de doidos! O universo sem espírito é aterrador.

— E você, com sua leguminosa filosofia, é são, porventura?

— Duas tribos disputam em batalha uma plantação de batatas. A mais forte vence, fica com as batatas. Para Humanitas, pouco importa qual seja. Importa o movimento, que é, em essência, o mesmo do universo. Importa a dinâmica eterna. Importa que uma tribo sempre devore a outra, para saciar a fome de Humanitas.

— Está fugindo à minha pergunta, ilustríssimo Quincas.

— Mas estaria eu empenhado em revelar verdades do mundo aos meus semelhantes se não me julgasse são, Dr. Simão?

— Ah! Eis aí! O primeiro sintoma.

— Do quê?

— Julgar-se são, nesse mundo em que um devora o outro para cultuar a fome insaciável de um terceiro, é sintoma claro de insanidade.

— Quem é você para avaliar?

— Justamente, aí está a segunda evidência. Como pode julgar-se são e ser meu amigo?

— Belíssimo argumento! Absolutamente razoável.

— Concorda, então?

— Sim, e isso prova que não sou louco, Dr. Simão.

— Prova como, emérito Quincas?

— Pois se um louco é privado da razão, e eu me deixei convencer por sua razoabilidade, é porque não sou louco, quero crer?

— Tem razão.

— Mas se foi justamente o que eu disse. Tenho razão, sim. E quem razão tem, doido não é.

— Uma lógica dedutiva, consistente, e partindo de um preceito cientificamente aceito.

— E a sopa? Não é apenas Humanitas que tem fome — sentenciou Quincas.

— Pronta! — anunciou Simão.

Somente após todo esse ritual dialógico, ao qual Machado, deliciado, obrigou Juca a assistir em silêncio e absolutamente imóvel, como se fossem espectadores diante de uma apresentação teatral, e já quando tomavam a sopa, em suas vasilhas de metal amassadas, misturada a migalhas

de pão, Machado fez menção de dirigir-se a eles. Entretanto, Juca puxou o escritor pela manga do paletó.

— Não acredito que esses dois mendigos sejam os seus... espiões! — cochichou Juca.

— Os melhores...

— Mas eles são doidos!

— Não fale assim dos meus amigos! — recriminou Machado, visivelmente consternado. — São as pessoas mais interessantes deste bairro. Costumamos ter instigantes conversas, aqui mesmo neste lugar.

— Aqui? Neste terreno baldio?

— Mas claro... E não imagina quantas ideias já me deram para meus escrevinhados.

— Eles...? Mas...

A fogueira em que haviam esquentado a sopa — num caldeirão de barro ajustado sobre pedras no meio das achas em chamas — iluminava parcamente as duas figuras acocoradas que, totalmente entretidas, como que ignoravam Juca e Machado. Com um discreto pigarro, Machado pediu-lhes a atenção.

— Acho que estamos jogando tempo fora! — insistiu, sempre cochichando, Juca. Machado não lhe deu atenção.

— Vamos... Falemos com eles, não tão de longe que não possamos observar detalhes de sua excentricidade, nem tão de perto que as pulgas deles venham pesquisar as nossas.

Quincas e Simão estavam estabelecidos num terreno baldio próximo à casa do Matacavalos. Eram criaturas da noite, que vagavam pelas ruas madrugada adentro, entretidos consigo mesmos e um com o outro.

— Boas noites! — cumprimentou Machado.

— Ah, o grande escritor! — saudou-o Quincas. — Está servido de um pouco de sopa?

— Não... Muito obrigado. Acabei de jantar. Bom apetite!

O odor que o caldeirão de sopa exalava era um tanto desagradável para Machado, que não conseguiu de todo disfarçar uma careta involuntária em reação ao oferecimento do filósofo-mendigo.

— Então, continuam mantendo nosso suspeito sob vigilância? — perguntou Machado.

— Continuamos? — indagou Simão.

— Certamente... Agora mesmo Quincas o está vigiando — respondeu Quincas.

— Quincas... — hesitou Machado.

— Meu cachorro — respondeu o outro. — É de absoluta confiança. Na verdade, é como se eu próprio estivesse lá. Tanto que ele tem o meu nome. Quincas é a versão quadrúpede de um ser humano. E dotado de pêlos, ainda por cima.

— Compreendo! — assentiu Machado. Juca, ao lado do escritor, havia emburrado, sem remédio.

— E não há novidades? Nenhum movimento na casa?

— Não — respondeu Simão. — Desde a saída do baú, nada!

— Baú? Mas vocês não me falaram de baú nenhum — surpreendeu-se Machado.

— Não falamos porque não o vimos.

Juca não pôde se conter:

— Mas se não viram, estão falando do quê?

— Do que o Quincas viu.

Juca voltou-se para o filósofo-mendigo, com ganas de assar-lhe as pulgas, sem preocupar-se em desalojá-las de seu *habitat*:

— Mas se o Quincas viu...

— Não este Quincas... — E Simão sorveu gulosamente outra colherada de sopa. — O cachorro.

— Certamente! — interveio Machado, enquanto Juca chutava a grama rala do solo, exasperado. — E o que o Quincas viu?

— Quincas por acaso passava pela casa, bem tarde, naquele tal domingo, e viu um baú saindo. Numa carroça.

— Ora... — repreendeu-os Machado, sem perder a calma. — Isso pode ser uma informação muito importante. Deviam ter me dito algo a respeito.

— Ele tem razão! — ralhou Quincas, dirigindo-se a Simão. — Por que não lhe falamos a respeito de uma coisa tão importante?

— Porque essa história é uma loucura só! — meteu-se Juca, aos berros. Machado, constrangido, afastou-o de lado, pedindo desculpas. Simão, no entanto, protestou.

— O garoto está absolutamente certo. Foi por isso mesmo que não dissemos nada. É uma loucura dar ouvidos ao que um cão conta.

— Aliás — completou Quincas —, um cão sempre dá importância a coisas que não têm a mesma importância para um ser humano. É por isso que ele é um cão, e que nós somos humanos. Para se ter um critério de com que se deve ocupar a mente para melhor aproveitá-la, é sempre bom eliminar tudo aquilo a que seu cão der importância.

— Exatamente! — confirmou Simão. — Como sempre nos diz Quincas...

— Qual Quincas? — perguntou Machado, realmente interessado. Ao seu lado, Juca berrou:

— Chega! Eu vou resolver essa coisa do meu jeito! — E saiu em disparada.

Machado pediu desculpas, novamente, pelo destempero do garoto, e despediu-se de Quincas e Simão. Depois, tentou ir atrás de Juca o mais depressa que lhe era possível, cutucando nervosamente o caminho irregular com sua bengala. Viu-o a distância, gritando em frente do sobrado do Matacavalos.

— Você, aí dentro... Quero o dinheiro da minha mãe! E a carta de referência dela! Você não pode fazer isso com a gente! Não pode! Não pode, está ouvindo?

Machado viu também quando o garoto apanhou qualquer coisa do chão. Imaginou que fosse uma pedra, e estava certo. Juca arremessou-a, sempre gritando, contra o sobrado. Ouviu-se o ruído de vidro espatifado, um barulho que ressoou bastante alto, por toda a rua adormecida, e que pareceu curar Juca de seu acesso de raiva, justamente quando Machado chegava junto dele. Não tiveram tempo de trocar uma palavra sequer. O garoto dirigiu ao escritor um olhar — e as lágrimas desciam pelo seu rosto — e, logo, escutaram os primeiros apitos.

— A polícia... — murmurou Machado.

Assustado, Juca fez menção de correr. Machado deteve-o.

— Não! Eles já estão perto demais.

Machado passou o braço pelo ombro de Juca, e obrigou-o a caminhar calmamente, ao seu lado. O coração do garoto deu duas cambalhotas quando avistou os guardas. Passaram correndo e direto. Machado, com toda a distinção, cumprimentou-os, tocando o chapéu com a bengala.

Quando perderam os soldados de vista, na escuridão, e quando o ressoar das botas deles, nas pedras do chão, já chegava ao assustado garoto e ao escritor mais surdamente, Machado parou e respirou fundo, para acalmar-se de vez:

— Muito azar passar uma patrulha logo na hora.

— Azar, não. Uma besteira sua! Se fizer de novo, eu não quero mais saber de nada. Desisto do caso!

Juca não se conformava:

— Mas por que o senhor não vai logo conversar com o Matacavalos e exigir dele...

— Mas e a D. Malu, você não se importa com ela? Você me contou que ela foi boa para você, e para sua mãe.

— É... Ela foi! Mas...

— E não tem curiosidade de saber o que esse Matacavalos fez a ela? O que poderia ter nesse tal baú?

Juca ficou pensando alguns segundos. De repente, escancarou a boca de espanto e quase gritou:

— Era a D. Malu. Ele matou a mulher e despachou-a dentro do baú.

— É o que você acha?

— Eu... Eu... Será?

— Eu não sei. Mas pelo menos seu gesto impensado serviu para uma coisa. Ganhamos uma informação muito importante. Ou, por outra, uma confirmação...

— Hem? — estranhou Juca. E Machado já falava animado, com seus olhos brilhando e irrequietos.

— Pense, Juca... O que aconteceu na casa quando você jogou aquela pedra?

— Nada...

— Justamente!

— Não entendi! — reclamou Juca.

— Ora, você quebra uma vidraça da frente da casa e, lá dentro, nada acontece. Nenhum grito lá de dentro, nenhuma luz se acendeu. Sabíamos que Matacavalos estava fora, andando Deus sabe por onde... E talvez com o tal cachorro Quincas, seguindo-o. Mas, agora, temos outra certeza. Se não houve reação nenhuma dentro da casa, é porque...

— Não tem ninguém lá! — concluiu Juca. — D. Malu... deve estar morta mesmo.

— Bem, isso eu não sei... — Machado cofiou a barba. Já chegavam à casa do escritor.

— Mas, então... Então... — Mil pensamentos, todos ao mesmo tempo, atravessavam a cabeça de Juca. Machado percebeu isso e ficou satisfeito, pelo menos até Carolina vir recebê-los no vestíbulo.

— Não está com fome, Juca? Que tal um banho, e depois cear? Deixei uma panela de água no fogão, esquentando para você.

Carolina saiu carregando e aninhando Juca. Machado protestou, aborrecido:

— Pelo visto, não vamos ter tempo para nossa conversa antes de nos deitarmos!

Juca riu consigo mesmo, por conta da irritação de Machado. Teve ímpetos de voltar-se para ele e pôr-lhe a língua. Conteve-se, satisfeito em ouvir o escritor bufar, ainda no vestíbulo, reclamando da vida.

17 Cara a cara!

Na semana que se seguiu, todo final de tarde, Machado, ao chegar em casa, encontrava Juca, para lá e para cá na casa, junto com Carolina. Não foi totalmente com bons olhos que viu o garoto ganhar um lugar cativo na mesa — "Essa é a cadeira do Juca!", advertiu-o Carolina, certo dia — e no coração de sua mulher.

Mas a alegria de Carolina fazia bem a Machado, e ele conformava-se.

Quem também tinha suas queixas era Aurora. Com o filho chegando todo dia muito tarde, ou mesmo dormindo no Cosme Velho, a mãe de Juca dizia:

— Agora, você tem outra mãe, e eu janto sempre sozinha.

Juca ralhava com Aurora, dizia que não era isso, que estava tentando resolver a situação deles, só isso.

— Então, volta para casa hoje, e janta comigo.

— Mas, mãe! Prometi à D. Carolina...

Aurora suspirava. Ainda não conseguira arranjar outro emprego, e o pouco dinheiro que tinha guardado já acabara. João Romão ainda não mudara seu tratamento para com ela, mas sabia que era questão de tempo.

Por isso mesmo, toda noite também, mal Machado chegava, Juca ia lhe perguntar:

— É hoje que o senhor vai falar com o Matacavalos?

— A investigação está caminhando! — respondia secamente Machado, mal-humorado por encontrar Carolina ocupada demais com o garoto para lhe dar atenção.

— Mas o que tem uma coisa a ver com a outra? — impacientava-se Juca.

Por mais duas noites procederam à observação sobre Matacavalos, na hora em que saía de casa, sempre por volta das nove da noite, e mesmo o seguiram numa dessas ocasiões, mas chegaram à conclusão de que o homem estava apenas andando a esmo, dando voltas. Noutra noite, voltaram a procurar os *espiões* de Machado, que pouco puderam informar, a não ser que Matacavalos vinha recebendo visitas.

— Mas ele nunca atende à porta! — ruminou Machado. E, tentando provocar Juca, indagou-lhe. — Não lhe parece curioso?

O garoto deu de ombros. Fez cara feia:

— Ainda não é hoje que vamos falar com ele?

Machado resmungou uma resposta e foram embora.

Certo entardecer, entretanto, ao Machado entrar em casa, percebeu um clima diferente. Mesmo com Juca na cozinha, onde geralmente ficavam conversando enquanto ele comia, Carolina sempre vinha recebê-lo. Aliás, vinham os dois — Juca, com suas cobranças. Naquele dia, ninguém apareceu, e Machado, contrariado, atravessou a sala e o corredor, com andar pesado.

— Devem ter esquecido que eu também moro nesta casa — reclamou, entrando na cozinha.

E deu com Carolina consolando Juca, que não parava de chorar.

— Tudo! Ela pegou... tudo! — lamentava-se o garoto.

— As economias dele... — explicou Carolina.

Machado arqueou a sobrancelha.

— Minha mãe não teve outro jeito... — choramingou Juca. — O João Romão estava enfezado hoje, e cobrou dela na frente de todo mundo. Todas as minhas moedas... Ela entregou tudo ao João Romão. E o desgraçado ainda reclamou que aquilo não dava para pagar nem um mês de aluguel, quanto mais as compras...

Machado abriu os braços, sem saber o que dizer. Juca voltou toda sua raiva contra o escritor.

— É sua culpa!

— Minha?

— O senhor prometeu que ia falar com o Matacavalos, e, até agora...

— Eu não prometi nada disso. A investigação...

— Dane-se a investigação!

— Por favor, Juca... — Carolina pedia calma ao garoto. Machado ficou possesso.

— Aí está! Que ingratidão!

— Eu não pedi para o senhor investigar coisa nenhuma. Quero o que aquele homem deve a minha mãe. Não me importo nem um pouco com o resto.

— Não se importa? Mas devia.

— O senhor é que devia lembrar como é... Quem é pobre tem que se preocupar com coisas mais sérias, sabia?

— Em deixar de ser pobre de espírito, por exemplo! — vociferou Machado.

Carolina levantou-se, colocando-se entre os dois. Não estava apenas defendendo Juca, mas, também, preocupada com o marido que já se enervava demais para um homem com seus problemas de saúde. Machado respirou profundamente e disse:

— Está bem! Vamos falar com o Matacavalos.

Minutos depois, Machado e o garoto estavam batendo palmas à entrada do sobrado da Rua das Laranjeiras.

— E se ele não vier atender?

Machado sequer respondeu a Juca. Ao invés disso, berrou para dentro do portão.

— Sr. Matacavalos... Este garoto aqui reclama que o senhor não pagou o que deve à mãe dele. É filho de D. Aurora, sua empregada. Vamos resolver essa história, ou ela vai parar nos jornais. Pago espaço e publico uma carta, se for preciso.

Machado repetiu suas ameaças mais duas vezes, e finalmente a figura gigantesca de Matacavalos saiu da casa. A barba estava crescida, as roupas, amassadas, e

viam-se mesmo algumas manchas de comida e suor na camisa. Olhando sempre para um lado e outro, chegou ao portão. Encarou os visitantes com cara amarrada. Depois, fixou-se no garoto.

— Filho da Aurora?

— Para o senhor é muito pouco... — balbuciou Juca. — Mas para a gente... Precisamos do dinheiro do mês que ela trabalhou. E da carta de referência.

— Acho justo que dê ao garoto o que ele pede, Sr. Matacavalos.

Matacavalos avaliou por instantes a figura de Machado. Depois disse:

— Esperem um pouco.

Entrou na casa novamente e saiu três minutos depois. Entregou algumas moedas ao garoto e um papel dobrado. Machado tomou o papel, leu-o...

— Acho que está apropriado. A soma confere, Juca?

— Bem... O senhor falou que ia pedir uma indenização.

— Indenização? — berrou Matacavalos.

— E outra coisa... — foi mentindo Machado. — Minha mulher e D. Malu eram muito amigas, aqui da vizinhança. Mas parece que sua esposa não tem sido vista ultimamente. Ela está adoentada?

— Não... — hesitou Matacavalos. — Está na terra dela, no interior, visitando os parentes. Volta... em poucas semanas.

— E a minha indenização?

Matacavalos enfiou a mão no bolso e entregou mais um punhado de moedas a Juca:

— É só o que tenho comigo! — balbuciou, com voz engrolada. O suor escorria por sua face.

— Creio que isso resolve. Boas noites!

Matacavalos não retribuiu o cumprimento. Rapidamente, retirou-se para dentro do sobrado. Subindo a rua, para o Cosme Velho, Machado observou:

— Viu como ele cedeu, diante das ameaças? Quem não deve não teme.

— Problema dele!

— Como? Entendo. Já tem o que queria, não é? E a D. Malu?

Juca não respondeu. Continuou caminhando ao lado de Machado, e subitamente disse:

— Vou me despedir da D. Carolina. Hoje, minha mãe pediu que eu fosse dormir em casa. E tenho que contar a ela que a coisa se resolveu, não é?

Machado assentiu com a cabeça, completaram o trajeto a pé, e Juca, depois de falar com Carolina, ao querer se despedir de Machado também — e agradecer a ele —, encontrou a porta da biblioteca fechada.

— Por mim, tudo bem! Velho doido! Resmungão! — disse, alto o bastante para que fosse ouvido lá dentro.

E foi embora.

18 Recado canino

Aurora já pensava em procurar fazer freguesia na lavagem de roupa nas redondezas do cortiço. Mas além de a concorrência ser muito grande, as lavadeiras ganhavam ainda menos por dia de trabalho do que as empregadas domésticas. Ela quase não conseguiu acreditar quando o filho lhe mostrou a carta e o dinheiro. Jurou que, o mais breve possível, iria agradecer pessoalmente ao "seu amigo Presidente" — Juca achou boa a ideia. E torcia para que a mãe encontrasse um trabalho perto da sua *loja*.

— Só para facilitar as coisas... Já chega o prejuízo que eu tive! — suspirava.

Com o passar dos dias, foi se conformando. Nas primeiras vezes em que manuseara a sua agora murcha sacola de moedas, a vontade de chorar foi irresistível. Ainda mais por saber que seu dinheiro, ganho com tanto sacrifício, estava agora no cofre do João Romão — era mais um motivo para sentir antipatia pelo dono do cortiço. A voz cantarolada do negro, anunciando cocadas no Largo do Machado, nunca repicou tanto em sua cabeça, pelo menos até as moedinhas que vinha trazendo começarem a formar algum volume e peso, devolvendo dignidade à sua sacola e, a *Chez Jucá*, a possibilidade de retornar aos sonhos do garoto.

Foi numa tarde calorenta, depois de um dia de muito trabalho, quando Juca já se preparava para ir embora para casa, satisfeito com o que levava no bolso, e achando que a vida, de fato, reengrenara em bons trilhos, que, do outro lado da rua, de repente, veio chegando um cachorro. Era um bonito cão, de tamanho médio, pêlo cor de chumbo, malhado de preto. E Juca teve sua atenção atraída para ele quase por um pressentimento, ou pela intrigante impressão de que o cachorro levava jeito de quem chega na praça procurando alguém, correndo os olhos — e o focinho — muito ligeiro, de um lado para o outro, até que colocou Juca na mira e veio se encaminhando firmemente em sua direção.

Sem mais nem por que, o cachorro parou diante de Juca, olhou-o direto nos olhos, e deu dois latidos curtos, que Juca entendeu como um cumprimento...

— Não é possível! — murmurou o garoto, mais assustado com o que lhe transitava pela cabeça do que com o cão. — Passa, ô cachorro. Vai atormentar outro, vai!

Juca começava a sentir-se constrangido. Afinal, se reparassem no cachorro ali parado, daquele jeito, como se entabulasse uma conversa com um conhecido na rua, não haveria quem deixasse de estranhar.

O cachorro latiu outra vez, fazendo Juca franzir as sobrancelhas. E uma ideia lhe ocorreu:

— Quincas? — sussurrou.

O cachorro saltitou, sacudiu o rabo, soltou um latido alegre, e depois iniciou uma sequência de latidos e rosnados rápidos. Concluiu com um uivo — que, para desespero de Juca, atraiu atenção de metade da praça — e, parecendo ter dado o seu recado, latiu suas despedidas e foi-se dali.

Juca estava pálido. E, mesmo sem querer admitir sequer o pensamento, morrendo de curiosidade de saber o que o cão viera lhe *dizer*...

— Mas foi isso mesmo, não foi? Será... que foi? — perguntava-se o garoto. — Não, que droga! Dei de imaginar coisas agora, diabos! Culpa dele!

Naquela noite, Machado chegou em casa em grande excitação. Falava sem parar, reclamando que a Academia, já com três anos de existência, ainda não havia conseguido uma sede. E já havia se dirigido a ministros, ao prefeito da cidade...

— Todos me prometem, louvam as letras, mas sede que é bom... E assim vamos, Carolina, veja como este país é. Temos de nos reunir de favor, pedir que nos abriguem por algumas horas, nalgum canto. Veja só...

Foi o seu assunto da noite... Carolina havia desenvolvido a grande habilidade de permanecer olhando para ele com um ar meigamente atento, sem escutar uma palavra sequer. Não precisava. Quando Machado encontrava-se tão excitado, falava sozinho, e um assentimento com a cabeça aqui, um hum-hum! ali, bem colocados, era tudo o que ele queria. Enquanto isso, ela podia ficar pensando no que bem quisesse... Mesmo que fosse em algo que as suas feições não podiam trair, no momento: saudades, tristezas.

19 Cismas da lua

Por coincidência ou não, era entrada da lua cheia, novamente, quando Juca retornou à casa de Carolina e Machado...

Aurora já estava empregada numa mansão, na Glória, um lugar melhor do que o da casa dos Matacavalos — tinha mais serviço, mas ganhava um pouco mais também. E perto ainda da *loja* do filho, que, depois de muito avaliar, decidira ficar mesmo naquele encontro do Largo do Machado com a subida da Rua das Laranjeiras, onde todos o conheciam, e onde os tostões pareciam procurá-lo, dia após dia.

O garoto pegava a mãe chorando, vez por outra, enquanto lavava a louça do jantar. E havia uma vela sempre acesa, junto à bancada:

— Enquanto D. Malu não aparecer de volta, não se atreva a apagar essa vela! — avisou Aurora, de maneira a não deixar margem para o instinto de economia do filho. E foi tão incisiva que Juca resolveu que não deveria mesmo reclamar do gasto. Lá ficou a vela. Mas, com o choramingado da mãe, Juca não se conformava.

— Por que raios o Matacavalos ia matar a mulher? — exasperava-se Juca.

— Tem gente ruim no mundo, Juca. Vai ver se enjoou dela. Mas se meu Senhor Jesus Cristo ajudar, e Santa Bárbara, não aconteceu nada de mais com minha patroa.

Daí, benzia-se, enxugava as lágrimas junto com as mãos, terminada a lavagem da louça — na verdade, dois pratos fundos, duas colheres e uma panelinha, apenas isso —, e abria seu livro de rezas, preparando-se para dormir.

Para não impressionar a mãe, Juca nunca lhe contara a tal história do baú que fora visto sendo retirado de madrugada da casa dos Matacavalos. Se não, já podia até ver Aurora, aos gritos, berrando que o maluco do ex-patrão haveria de ter matado, esquartejado D. Malu, e depois se livrado do corpo, dentro do baú.

Na verdade, proteger a mãe era apenas parte da verdade. Ele próprio não queria pensar muito no assunto, principalmente depois de ter sonhado duas ou três vezes que estava sendo perseguido por Matacavalos dentro de uma casa assustadora. A distância, ouvia as gargalhadas do homenzarrão chamando por ele. Cada vez mais perto, as passadas mais e mais sonoras. E, por mágica exclusiva dos sonhos, via, também, um riso cruel iluminando-lhe por inteiro o rosto, fazendo-o maior ainda — e redondo como uma lua cheia. Numa ocasião, Matacavalos tinha na mão um machado. Noutra, um enorme facão — talvez, o mesmo que João Romão deixava pendurado na venda para destripar leitões e para lembrar de suas contas aos maus pagadores. No entanto, no caso do Matacavalos, tanto o facão quanto o machado gotejavam sangue, que, nos sonhos, Juca sabia pertencer a Malu, que o monstro acabara de matar.

Desses pesadelos, Juca acordava assustado. E inconformado. Culpava alguma feitiçaria da cartomante, pois ter sua mente desviada de seu assunto favorito — negócios — começara dali. Ou, então, fora aquela biblioteca do Presidente, que tanto o impressionara, como se retirar um livro da prateleira e abri-lo fosse libertar algum fantasma

— ou coisa qualquer das que ele pressentia habitando os volumes impassíveis.

Nunca, nunca tivera dessas coisas. Nunca fora assustado com coisa nenhuma. Nunca, nunca e nunca, perdera tempo imaginando coisas. Só a *Chez Jucá* ele já imaginava há anos, já decorara seu interior, a vitrina, compusera o estoque. Mas "para o resto..."

Não teve jeito, foi indo, e foi indo.

Até que, naquela entrada da lua cheia, depois de revirar-se no sono mais uma vez, com facões e machados sangrentos a persegui-lo, ele avisou à mãe que chegaria mais tarde, na noite seguinte:

— Fiquei devendo um favor à D. Carolina! — ele disse, e a mãe assentiu, lembrando sempre a visita que prometera fazer ao casal.

E, com efeito, no entardecer seguinte, enfiou a cara no portão do sobrado, na Rua Cosme Velho, e ouviu, lá dos fundos, Carolina cantando. Abriu o portão, correndo atravessou o jardim, numa aflição que o surpreendia, querendo chegar logo e logo; entrou pela casa, com familiaridade, sempre correndo, para a cozinha, onde entrou e viu Carolina de costas, e chamou por ela, e ela virou-se, já com um sorriso de quem agradece aos céus mais uma felicidade no mundo; e Carolina abriu os braços, e Juca, sem dizer mais nada, atirou-se para ela, e foi tão apertado, e apertou tanto; e beijou as bochechas de Carolina, que o beijava também. E os dois riram, sem querer se largar, e se beijaram de novo, e ela o carregou para a mesa, sobre a qual colocou bolo de fubá, goiabada, queijo do reino, pão, e tudo o mais que tivesse; e ele, comendo de boca cheia, só parava de mastigar para lhe contar, engasgado, as novidades, rindo de bobo, olhando para ela, sempre, até que um pigarro, atrás deles, na porta, os trouxe de volta:

— Boas noites! — proferiu Machado, solenemente. Depois, girou nos calcanhares e foi se meter em sua biblioteca.

— Acho... — gaguejou Juca. — ... que eu tenho que pedir desculpas a *ele*!

— Eu também acho... — assentiu Carolina.

Mesmo hesitante, Juca dirigiu-se para a biblioteca. Ao entrar, deu com aquelas fileiras de livros, olhando para ele das prateleiras, coisas que guardavam segredos silenciosos sob o disfarce da imobilidade e parecendo tão mal-assombradas quanto o Machado, que sequer se mexeu, à entrada do garoto, que rosto enfiado num livro estava, rosto enfiado no livro ficou, como um vivente tornado estátua, por força de alguma maldição, ou porque tivessem roubado sua alma.

— Sr. Presidente... — iniciou Juca seu discurso ensaiado. Machado não se perturbou em voltar-se para ele. — Se o senhor não quiser mais falar comigo, vou entender... Mas se nem olhar para mim, eu é que não vou conseguir falar. É que nem na praça lá embaixo... Se você não olha para os ambulantes, eles não têm coragem de vir lhe oferecer a mercadoria. Então...

Machado soltou um resmungo qualquer. E Juca já começava a perder a paciência.

— Sabe que o senhor é a pessoa mais difícil de se pedir desculpas que eu já conheci?

— Não preciso das suas desculpas! — disparou Machado, ainda sem olhar.

— Nem eu preciso das suas histórias — gritou Juca.

— Ingrato! — berrou mais ainda.

— Resmungão! Doido! E eu estava quase ficando maluco também, de tanto andar com o senhor.

— Você não tem cérebro suficiente para ficar maluco, garoto. Agora, fora daqui! Se a Carolina, por ser toda coração, o aceita, ainda, nesta casa, problema dela. Eu não quero tomar conhecimento da sua presença.

No corredor, Carolina, aflita, torcia as mãos, ouvindo os dois gritarem um com o outro. Mas sabia que não poderia interferir.

— Eu que não volto mais aqui! — respondeu Juca.

— Não precisava nem ter vindo! Por mim... — E então, Machado, finalmente, encarou o garoto, viu as lágrimas de raiva descendo pelo rosto de Juca...

E Juca, vendo o rosto vermelho do escritor, preocupou-se, receou que ele tivesse um troço, ali, na hora...

— E D. Malu? — balbuciou o garoto.

— Ainda desaparecida... — respondeu Machado, vagamente.

— Que coisa...— murmurou Juca, impressionado. — Faz um mês, não é?

— Um mês? Já?

— É... Bem, ela deve voltar qualquer dia.

— Provavelmente — retrucou Machado. — Andei até tendo uma ideia de como se poderia desvendar esse mistério. No entanto...

— Nós dois?

— Bem...

— Esta noite?

— ...

20 A casa do Sr. Matacavalos

A frente da casa dos Matacavalos era uma pequena chácara, canteiros de flores, uma imensa casuarina, um poço que atendia às necessidades de água da residência, um lavadouro para as roupas. No momento, havia muita erva nos canteiros, grama crescida por conta própria, um estado geral de quase abandono em volta. Seguido de Juca, Machado foi enfiando a mão no portão e abrindo-o, atravessando a chácara e se dirigindo para a porta da frente. Encontrou-a trancada. Deu a volta para os fundos, onde havia uma varanda.

— E se ele chega? — perguntou Juca, preocupado.

— Estamos cobertos! — assegurou Machado, sem maiores explicações.

Lá do alto, a lua piscava o olho, cúmplice, uma lua estufada, obesa, parecendo que queria explodir. Mas Juca não se sentia nem um pouco à vontade. Subiram os três degraus que davam na varanda. A porta dos fundos também estava trancada. As janelas de trás eram mais altas do que as da frente.

— Você entra primeiro! — disse Machado, empurrando o batente da janela. — E levanta a trava, para eu entrar pela porta.

Juca hesitava.

— Vamos, garoto. Não vai querer que eu pule uma janela, vai?

Com um salto, Juca passou pela janela e caiu na cozinha da casa. Correu para a porta dos fundos para destravá-la, mas havia uma corrente segurando a trava e um cadeado.

— Como? — perguntou Machado.

— Uma corrente... Um cadeado... — sussurrou Juca.

— Nosso homem guarda a casa em mil segredos! Que coisa... Bem... — conformou-se Machado, e dirigiu-se para a janela.

Numa primeira tentativa, quis erguer a perna e passá-la por cima do batente. Logo chegou à conclusão de que não era capaz de levantar a perna sequer vinte centímetros do chão. Então, debruçou-se no parapeito, tentando ganhar impulso e chegar ao outro lado. Mas a altura da janela enganchou-o no meio do caminho. Ficou balançando para lá e para cá, sem decidir para onde cair.

— Largue pelo menos a bengala! — implorou Juca, tentando ajudá-lo.

— Um homem não é ninguém sem sua bengala! — protestou Machado, tentando dar mais um impulso. Só que, no mesmo instante, Juca puxava-o, com toda a força, de forma que um movimento somou-se ao outro, e Machado caiu espalhafatosamente para dentro da cozinha, rolando por cima de Juca, e gritando, ao bater no chão.

— O senhor está bem? — preocupou-se o garoto.

Machado arfava, estirado de costas no chão, olhos cravados no teto, assustados. Procurou seus óculos, pendurados pelo cordão ao paletó, e passou as mãos nos cabelos, antes de atrever-se a erguer o tronco. Finalmente, com a ajuda de Juca e de sua bengala, pôs-se de pé, em meio a muitos gemidos...

— A sala é por ali... — apontou Machado.

— O senhor já esteve aqui?

— Visitei a casa algumas vezes... E conheci, sim, o homem que costumava morar aqui, até poucos anos... Vamos! Já perdemos muito tempo para entrar.

Machado tirou duas velas do bolso. Olhou em volta, procurando o braseiro do fogão. Estava apagado...

— Tudo cada vez mais estranho! — comentou. — Vamos ter que nos valer apenas da luz do luar. Vá abrindo umas janelas... Que cheiro de mofo!

— Deve ter um lampião aceso, em algum lugar da casa, esperando pelo dono... — disse Juca.

— É... Devia ter... No entanto...

Havia várias salas e cômodos. Na principal, o luar revelou uma curiosa pintura no teto. Aos olhos de Juca, pareciam pequenas grinaldas de flores, com pássaros enormes, que carregavam as grinaldas nos bicos. Havia figuras nos cantos, que Machado lhe explicou que representavam as quatro estações, e, ao centro, retratos de imponentes homens, arrodeados por um relevo, em forma de medalhão. Juca ficou impressionado com a expressão no rosto dos retratados:

— Quem são? — perguntou.

— Personagens da história de Roma.

— Roma?

— A Roma Antiga... Na Itália... Europa...

— E o que estão fazendo aí?

— Ninguém sabe...

Juca fez uma careta. Decididamente, não gostava de mistérios sem respostas. Eles o incomodavam, e mesmo... assustavam. E foi então que percebeu que aquela casa também o amedrontava. Havia alguma coisa, no seu interior, que não estava certa. Um arrepio sem razão que percorria ou seus ombros, subindo até a nuca, ou sua barriga, dando-lhe a vontade, quase irresistível, de fugir correndo dali.

— Essa casa... está morta! — ele murmurou. E Machado, ao ouvir, surpreendeu-se, primeiro, depois assentiu com a cabeça.

— De certa forma... está mesmo. Houve uma história aqui, só que não foi exatamente aqui que aconteceu.

— Não estou entendendo nada.

— Esta casa é cópia de uma outra que não existe

mais. Assim como as pessoas que viveram naquela outra, na casa antiga, também já não existem. Foram estudar a geologia dos campos santos. Pelo menos, a maioria delas... Tem a ver com a história do homem que morou aqui, antes do Matacavalos.

— O lobisomem...

— O que chamavam de lobisomem...

— Mas ele era um lobisomem, ou não era?

— Se não era, ficou sendo... Porque não está aqui para dizer se era ou não. E só podemos escutar a sua história daqueles que irão contá-la de maneira a dar certeza de que ele era, de fato, um lobisomem. Por exemplo, começando numa noite de lua cheia e...

— Quer parar de conversa? Ainda não entendi nada.

— Nem precisa. O antigo morador não importa mesmo em nada para o nosso caso. Ele foi apenas uma curiosidade do bairro.

— Acho que não tem nada aqui para a gente ver. A não ser... que ele tenha escondido o facão, lá embaixo, no porão. Ou pode ter enterrado aí fora, na chácara.

— Que facão?

— Ora... Pode ter sido um machado, também.

— Agora eu é que não estou entendendo os seus mistérios e... Hum! Interessante...

Machado havia se detido perto da mesa. Apanhou alguns envelopes, ainda fechados sobre ela, e foi até a janela, para poder ler o sobrescrito, à luz do luar. E estava tão entretido examinando os envelopes que, quando explodiram os latidos do cachorro, lá fora, ele tomou um enorme susto, deixando as cartas caírem ao chão. Juca assustou-se, também... Mas algo naquele latido pareceu-lhe estranhamente familiar. E mais estranho ainda por estar reconhecendo um latido de cachorro, em

particular, com tantos cães vadios que latem soltos pela noite.

— Vamos embora! — ordenou Machado, catando as cartas às pressas, e jogando-as sobre a mesa.

— Esse cachorro...? — perguntou Juca, já se apressando, acompanhando Machado em direção à cozinha.

— É nossa cobertura.

— Mas qual é o nome dele? É o...?

— Arre! Depois a gente se preocupa com isso. Diabos! — exclamou, parando diante da janela. — Como vou passar para a varanda, agora? Não temos tempo para...

De repente, Juca deu com os olhos num salvador banquinho, que empurrou para junto da janela. Equilibrando-se, Machado colocou um pé no banco, ergueu-se e, com alguma dificuldade, pisou no batente. A seguir, foi baixando, sentou-se sobre o batente e, triunfante, deu com os pés firmes na varanda. Juca pulou a janela com um salto. Fecharam-na e, só quando desciam os degraus da varanda, Juca lembrou-se:

— O banco junto da janela. As janelas abertas. O Matacavalos vai descobrir que teve visitas.

— Tarde demais. Vamos embora.

Agora, aos latidos do cão, misturavam-se os gritos de Matacavalos, tentando afugentá-lo. Finalmente, ouviu-se um ganido agudo, e latidos lamentosos, afastando-se.

— Nossa cobertura fez sua parte. Agora, temos de esperar ele entrar em casa e atravessar a chácara, para a rua — instruiu Machado.

E foi exatamente o que fizeram, sob um luar que não lhes permitia ocultarem-se de quem chegasse a uma janela do sobrado. Mas ninguém veio à janela, e nenhuma vela ou lampião se acendeu lá dentro, ou teriam enxergado a claridade.

— Muito estranho... — comentou novamente Machado. E, agarrando a mão de Juca, atravessaram o portão. Só a alguma distância da casa, alertou: — Descobrimos uma coisa muito importante hoje.

— Que o Matacavalos vive numa casa com todo jeito de assombrada?

— Mas... Que tolice! Você está imaginando coisas!

— Eu!? — exclamou Juca, indignado de receber uma acusação dessas, logo do escritor.

— Deixe de lado a cena maior. Concentre-se nos detalhes. Nas sutilezas, largadas como se fossem ao acaso. Nas pequenas coisas!

— Pequenas coisas?

— Exato.

— Mas aqui na vida de verdade, o facão com que ele matou a D. Malu deve ter sido é bem grandão. E isso não estava à vista. Nada para a gente poder ter certeza de coisa nenhuma, isso é que é!

— Ora... — impacientou-se Machado. — Aquelas cartas sobre a mesa, algumas delas eram endereçadas a D. Malu. E vinham lá da tal cidade do interior, onde ela morava. O carimbo diz que duas delas chegaram há menos de uma semana.

— Mas se ela está lá visitando parentes, como é que os parentes estão escrevendo para cá?

— Justamente... — E o rosto de Machado refletiu por inteiro o brilho do luar.

21 Uma trama machadiana

Machado abriu a porta de casa falando alto, ainda esfuziante. Carolina veio recebê-los, no vestíbulo. Atrás dela estava o Conselheiro, encarando Machado com ar perplexo. Vendo-o, Machado aumentou ainda mais o volume e a empolgação da voz.

— Foi isso mesmo, Carolina. Invadimos a casa! E eu pulei uma janela para entrar. Está me compreendendo? Eu pulei uma janela!

— Machado... — preocupou-se Carolina. — Calma... Isso são coisas para você andar fazendo? Sabe que precisa ter cuidado!

— Ora! — desdenhou o escritor e, voltando-se para o Conselheiro, encheu a boca para dizer: — Mas sabe, meu amigo, nada me ofereceu mais prazer do que dar o sabor do espanto a essa sua sempre fleumática expressão à inglesa.

Sem se abalar, o Conselheiro voltou-se para Carolina.

— Minha amiga... Creio que seu esposo acaba de dizer que, de costume, tenho um rosto insosso.

— Tem razão. Acho que foi isso mesmo o que ele disse, ora, pois! — concordou Carolina, pegando Juca pela mão. Saiu com ele em direção à cozinha, enquanto um vibrante Machado postava-se diante do Conselheiro.

— E foi isso! — reenfatizou Machado. — Descobrimos pistas... O homem chegou de repente, mas conseguimos escapar!

— Estou atônito, meu amigo!

— Eu sei! — comemorou Machado.

— O austero presidente da Academia Brasileira de Letras. Nosso maior escritor-filósofo! O crítico da vacuidade das pessoas. Da inospitalidade do coração humano. Da aridez da nossa existência. Pulando janelas. Invadindo casas.

— Sim! — exclamou o escritor, convicto.

— Sabe o quanto valeria saberem disso, lá na Livraria Garnier? Diria que seus amigos... e principalmente seus desafetos que, lamento dizer, são em número muito maior do que os seus amigos... adorariam o relato. Todos se sentiriam menos... oprimidos, na sua presença!

— Você não se atreveria!

— Não. Obviamente, não.

— Está é com inveja — disparou Machado.

— Não nego. Uma espantosa vitalidade, para alguém que fala tão mal da vida publicamente. Mas não foram suas aventuras desta noite que me causaram espécie, meu amigo.

— Não?

— De forma alguma. Quem quiser que o compre, e a essa sua pompa rabugenta. Você é um moleque até no que escreve, e um dia alguém vai denunciá-lo. Esse jogo de ilusões que você propõe aos seus leitores, o prazer que sente por ludibriá-los, por levá-los ao engano. Molecagem refinada! Como pular uma janela e... Você não largou a bengala nem por um momento, largou?

— Não... — confessou Machado, aturdido.

— Está vendo? Não me engana.

— Mas então...

— Então, o que me deixou surpreso? Muito simples...

— Diga de uma vez, ora!

— Você esqueceu-se de nosso jogo de xadrez.

Machado arregalou os olhos para ele. Daria qualquer coisa para apagar aquele sorriso de vitória dos lábios do Conselheiro. Ficaram um instante ou dois em silêncio, rescaldando a refrega. Por fim, Machado resmungou:

— Não estou com paciência para xadrez!

— Evidentemente. Se incomodo...

— Não, fique, fique. Vamos tomar um Porto e... Tenho algo para lhe contar.

— Estou certo de que tem.

Pouco depois, estavam na sala, cada um com seu cálice. E o Conselheiro, agora, precisava de fato controlar-se para não dar ao amigo a satisfação de vê-lo boquiaberto...

— Inacreditável...

— Ora, mas por quê? O Matacavalos é uma alma doentia. Isso existe por aí, você sabe.

— E como! Mesmo assim...

— Um malfadado dia, não se contém mais e assassina a esposa. Despacha-a dentro de um baú. O estado dele se agrava, e ele torna-se cada vez mais arredio. Inventa que a mulher viajou. Talvez até acredite nisso. Pode estar lá, agora, na casa, em completa escuridão, perguntando-se quando ela vai chegar, estranhando a sua demora. E ela, morta. Por suas mãos!

— Bem, falta a você uma prova.

— As cartas são uma prova de que alguma coisa estranha aconteceu.

— As cartas são uma prova de que alguma coisa *não* aconteceu! — retorquiu o Conselheiro. — São prova, tal vez sejam prova, de que a esposa não viajou para a terra dela, no interior. Mais nada.

— Talvez? Mais nada?

— Não são prova de que houve um crime, Machado. E, no entanto, é inacreditável...

— Ora, crimes ocorrem muito freqüentemente, Conselheiro — assegurou Machado, com ares condescendentes, como se recriminasse a ingenuidade do amigo.

— Sem dúvida. Creio em crimes. Não se trata disso. Inacreditável é sua performance... Quem o escuta contar a história sente ímpetos de sair à rua, berrando pela polícia, e depois seguir até a casa do miserável, arrancá-lo da cama, e pô-lo a ferros!

— Porque o que digo faz sentido! — atacou Machado, andando de um lado para o outro, tomado pela agitação.

— Não! Sentido nenhum. Mas você conta as coisas como quer, e arruma o pouco que se sabe de forma a sugerir o muito que não se sabe, e acaba, você, e tão somente você, senhor escritor, grande romancista, dando sentido a tudo! E o inacreditável é você acreditar nessa história. É não perceber que você é que a está fazendo, como muitas outras que já fez. Como esse seu romance ardiloso, com cuja armadilha ainda não atinei.

— O *D. Casmurro*? Armadilha nenhuma. Apenas uma história de amor e ciúme. Uma triste história de amor — defendeu-se Machado.

— Jamais! Uma história sua... Jamais! Pode levar meio século! Ou sessenta anos, como saberei? Mas algum dia, estou dizendo, alguém vai conseguir denunciar os seus truques. Quanto ao *seu* assassinato...

— Ora, Conselheiro. Vá conhecer o homem!

— A esta altura? Inútil! Pode mostrar-me as asas e ir subindo para o céu, tocando harpa, que direi: "Lúcifer também foi anjo!". Meu amigo, o veneno que você injeta nas mentes alheias não tem antídoto.

— Bem, mas então... — irritou-se Machado.

— Mas, então, hora de começar a relaxar! — firmou Carolina, entrando na sala.

Juca já estava alimentado, havia tomado um banho e se enfiado na cama. E Carolina, ainda temerosa pela excitação do marido, estava resolvida a encerrar a discussão. O

Conselheiro apressou-se a dar boa noite. E Machado, já agora na cadeira de balanço, uma mão segura entre as mãos de Carolina, repetia sua história com vagar, quase sonolentamente. Mal mantendo os olhos abertos. Carolina ora ria, ora mostrava expressão preocupada.

— Não será perigoso vocês se meterem com esse homem? — indagou. — Afinal, é apenas um garoto... E você!

— Ora, Carolina... — disse, já quase adormecido. Normalmente se zangaria com a insinuação da mulher, mas fora um final de noite bastante exaustivo. Carolina ajudou-o a levantar-se da cadeira, e os dois, abraçados, foram para o quarto.

22 Chora, menino, chora...

Naquele começo de manhã, foi a primeiríssima pessoa que Juca avistou, nem bem chegava ao Largo do Machado, vindo do sobrado no Cosme Velho. E respirou fundo. Tantas e tantas vezes os dois haviam se defrontado, ali mesmo. E Juca, apesar de sempre resistir à tentação, ainda assim, saía de cada batalha sentindo-se derrotado. E sabia que o negro adivinhava-lhe a frustração. Sabia que o sorriso do vendedor de cocadas se fazia mais arreganhado, se isso fosse possível, às custas dele, e que a toada com que anunciava sua mercadoria tornava-se ainda mais debochada, por ir arrastando atrás de si o olho comprido de Juca...

Chora, menino, chora,
chora porque não tem vintém...

O negro também o vira, logo que Juca surgiu no Largo, e pôs os olhos no garoto, dengosamente divertido.

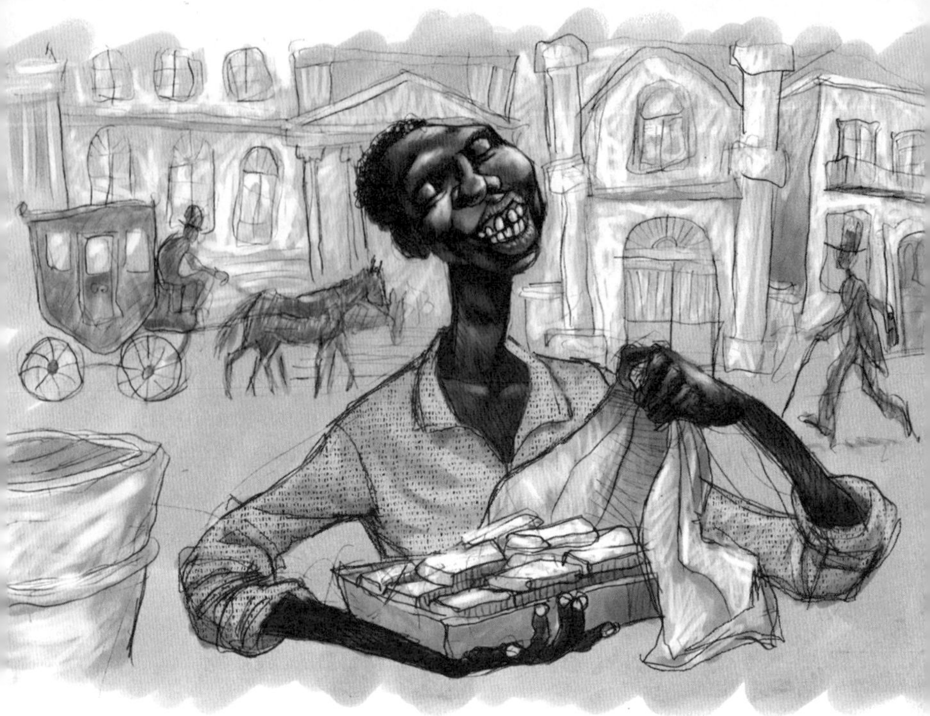

E, a princípio, parecia que seria apenas mais um embate, com desfecho outra vez adiado. Com vencedor e vencido curiosamente indefinidos. Mas...

Por que razão, não há como saber. Talvez pela aventura da noite anterior, com a bem-sucedida invasão da casa de Matacavalos. Talvez por aquele sonho, tão nítido dessa vez, em que Juca vira-se passando pela Rua do Ouvidor, apontado com admiração, pelos *outros* donos de loja. Talvez... tanta coisa.

Juca parou diante do negro, que, levantando a toalha, descobriu suas perfumadas cocadas e expôs suas gengivas. Entre os dois não haveria bons-dias, nem um aceno que fosse como cumprimento. Eram antigos inimigos. Juca avançou dois passos. O negro estranhou — pois se o garoto sempre desviava o olhar da bandeja! — mas sustentou o sorriso, o desafio. Mediram forças, e o rumor do Largo deixou de existir ao redor deles. O garoto aproximou-se mais ainda. E o negro ficou decididamente intrigado; por pouco não escondeu suas cocadas, debaixo da toalha, de novo. Juca enfiou a mão no bolso — um tremor súbito na pálpebra fez o negro piscar, desconcertado.

Então, Juca hesitou. E o negro percebeu. E seu sorriso voltou a brilhar. E foi a vez de Juca adivinhar a comemoração nesse sorriso renovado. Por certo, conheciam-se. Nenhum gesto ou intenção de gesto passava sem ser notado. Mais um instante, dois, daí, num impulso, Juca sacou uma moeda do bolso — reconheceu aquela moeda, um tanto gasta; ganhara-a numa engraxada realizada com tanto capricho que o freguês, além da paga, desarrumara-lhe os cabelos, carinhosamente. Com firmeza, disse o garoto, empunhando a moeda:

— Me dá uma!

O negro o encarou, como se houvesse recebido uma desfeita. Ou como se desse tempo para Juca se arrepender.

— Me dá uma! — o garoto exigiu.

E, talvez, o negro tenha pegado a moeda das mãos de Juca contrariado. Talvez tenha sido com algum ciúme que lhe passara a cocada sobre a qual o garoto ganhara direitos de posse e de uso. Talvez por querer evitar de assistir a Juca cravando os dentes nela, é que tenha se afastado tão ligeiro. E sem saber, embora tendo conseguido a venda, se desta vez levava consigo a satisfação de uma vitória. Já o Juca, deixou gloriosamente o açúcar e o coco se misturarem à saliva, instalando em sua boca um sabor que permaneceria até o final do dia, e que seria lembrado por muitos anos.

Tanto que à noite, entrando ruidosamente pelos fundos na cozinha do sobrado do Cosme Velho, e dando com Carolina de costas, não percebeu que ela, disfarçadamente, enxugava as lágrimas, antes de voltar-se para ele. Mas sentiu o tremor em seu abraço, seus lábios contendo-se para não trair a aflição que ela estava sentindo, viu então seus olhos fundos e teve um pressentimento.

— O Presidente...?

Carolina engasgou. As lágrimas voltaram a correr em sua face.

— Senta, Juca... Senta...

— O que é que houve com ele? Ele... — e a voz do garoto quase ia sumindo.

— Ele está lá no quarto, deitado. Vocês não vão poder sair hoje.

Juca olhava para ela, assustado, encolhido, com medo de escutar. Carolina tomou as mãos dele, levou-o até uma cadeira, e o fez sentar-se. Então, respirou fundo, antes de conseguir dizer...

— Ele teve outra daquelas crises, lembra?

— Mas ele fica bom depois, não fica?

Carolina não conseguiu segurar um soluço. Os olhos de Juca se encheram de lágrimas, que correram pela face paralisada do garoto, sem ele se dar conta. Carolina abraçou-o. Afundado em seu colo, ele repetiu, balbuciando:

— Não fica?

— Foi... na cidade, quando ele descia do bonde. Ele levou uma queda feia... Ah, meu Deus! — gemeu Carolina, já chorando convulsivamente. — Eu bem que avisei a ele... Ele andava se agitando demais, ultimamente. Estava abusando! Mas...

Juca desvencilhou-se abruptamente do abraço de Carolina. Tinha uma expressão aterrorizada.

— Foi minha culpa!

— Não, Juca! — ela respondeu, chocada. — Culpa de ninguém. Não foi isso que eu quis dizer. Essa doença dele...

— Foi minha culpa, sim! — berrou o garoto. E saiu correndo, sem atender ao chamado de Carolina. Em disparada, atravessou o portão da entrada, e só foi parar quase chegando na Rua das Laranjeiras, quando, sem fôlego, encostou-se num canto, às escuras, e chorou o que não se lembrava de ter chorado nem quando, bem menor ainda, um garoto bateu nele e roubou-lhe a pipa, nem quando enfiara o pé descalço num prego e voltara carregado para casa, berrando de dor, ainda com o prego atravessado de um lado a outro, nem nunca, nunca e nunca na vida.

23 Assombração à luz do dia

Todas as noites, depois do trabalho, o garoto ia ao sobrado do Cosme Velho saber notícias. Não dormia por lá, e evitava passar muito tempo — compreendia que Carolina precisava ter toda a sua atenção voltada para o marido. Geralmente, ele a encontrava ajoelhada, diante do altarzinho com a imagem de Cristo, rezando sempre. Imaginava que Carolina, quando não estava cuidando de Machado, ao lado da cama, corria logo para o altar, para rezar por ele. De fato, era mais ou menos isso o que acontecia. Em casa, também, ao lado da vela que mantinha acesa em promessa pelo retorno, em boa saúde, de D. Malu, Aurora acendera outra, pelo restabelecimento de Machado — essa com plena aquiescência de Juca que, até mesmo, tomara a si a responsabilidade de checar, a cada manhã, se era necessário trocar a vela.

A primeira semana foi muito difícil. Juca reparava que Carolina, de costume tão expansiva, arrastava-se pela cozinha, carregando sua preocupação. Ela servia-lhe algo para comer, uma sopa reforçada, ou pão com queijo e frutas, ou outra coisa qualquer, que ele comia sem vontade, até mesmo oprimido pela atmosfera da casa, e em silêncio, para fazer companhia ao silêncio dela. Apesar de dizer-lhe sempre que Machado ia bem, e melhorando, os olhos inchados de Carolina faziam Juca entender outra coisa.

Foi nesses dias que Juca começou a aprender o que era ter medo. Diferente de levar um susto. Diferente de alguém ou alguma coisa que, por temor, ele viesse a evitar de ver ou de encontrar. Medo, do tipo que cresce lá por dentro e acompanha a pessoa, o tempo todo, mudo, sem gritos, sem ter como escapar. Era esse o medo que Juca sentia. Medo de um dia chegar e Carolina dizer-lhe — ou sequer conseguir dizer-lhe — que Machado morrera. Mesmo assim, voltava ao sobrado, todo entardecer, cuidava da vela, pensava em Machado, cismando mesmo, vez por outra, que, se não o tirasse da cabeça, ele não poderia morrer. E, quando se distraía, recriminava-se por ter deixado soltar-se o pensamento e apagar-se a lembrança, mesmo que só por um momento. Medo por culpa — que ele ainda sentia, apesar dos esforços de Carolina para convencê-lo do contrário — ou medo de perder o que não queria perder? Juca não saberia dizer, talvez sequer diferenciar.

Fazia, então, pouco mais de uma semana, quando Carolina, que pela primeira vez ele encontrou mais animada, anunciou-lhe que poderia ver Machado, naquele entardecer:

— Só por uns minutinhos... Ele se cansa logo.

— Mas ele já está bem?

— Está... Aliás... — Carolina hesitou um pouco, sem saber se deveria falar. Acabou decidindo que não faria tão mal assim. — Dois amigos dele estiveram aqui anteontem. Simão e Quincas, você conhece? Eles me deixaram zonza! Vieram contar uma coisa...

— Sobre o Matacavalos? — perguntou o garoto, sobressaltado.

— Foi... Vamos ficar assim. Eu conto para você, nós dois entramos no quarto, você dá boa noite ao Machado, e, dependendo de como ele estiver, damos a notícia a ele ou não, está bem? Se eu entendi bem, entre uma confusão e outra, eles disseram o seguinte...

Pouco depois, Carolina conduzia Juca para dentro do quarto. As janelas estavam fechadas e havia apenas um pequeno lampião, no canto. Machado abriu os olhos lentamente, quando Carolina anunciou a presença de Juca.

— Eu lhe disse... Ele tem vindo todos os dias saber de você. Está muito preocupado.

Machado fez um sinal de cabeça, dizendo que entendia. E soltou um gemido...

— Está doendo... alguma coisa? — apressou-se a perguntar Juca.

— A queda... — sussurrou Carolina. — Ainda dói, sim! Mas ele está melhor. Bem melhor... Graças a Deus!

Juca ficou parado, observando Machado, que olhava para ele com um olhar opaco, quase como se não o estivesse reconhecendo. O garoto voltou-se para Carolina, que também contemplava o marido, atentamente. Ela demorou alguns instantes, examinando-o a distância. Enfim, como se chegasse a uma conclusão, fez um sinal, incentivando Juca:

— Diga a ele...

Juca hesitou.

— Dizer... o quê? —, murmurou Machado, com os olhos sempre semicerrados.

— O Matacavalos... Simão e Quincas vieram dizer que faz mais de uma semana que ele está sumido. Viajou... A casa está vazia. Daí, quando o senhor ficar bom... a gente volta a investigar.

— Sem abusos! — advertiu Carolina.

Machado respondeu com um muxoxo contrariado:

— Não quero saber de mais nada.

— O senhor... está zangado comigo, não está? — indagou Juca, desolado.

— Por que estaria...? — e a pergunta custou algum esforço ao escritor.

— Eu contei a você, querido — interveio Carolina. — O Juca pensa que foi culpa dele...

Machado negou, com a cabeça...

— Eu estou zangado... — falou ofegante — ... comigo!

— Ora... — estranhou Juca.

— Comigo... sim... Porque não sou capaz de admitir que sou um velho... Um velho doente... Não sou capaz de reconhecer uma coisa tão... tão evidente. O que além de... velho e doente... faz de mim também um idiota!

— Mas, Presidente...

Machado fez um gesto com a mão. Carolina tocou o ombro de Juca. O escritor já se cansara demais.

Na saída, Juca comentou, com voz entristecida:

— Ele está... tão desanimado. Acho que prefiro ele rabugento.

— Ah, meu Deus, nem me fale. Mas é natural, Juca... Ele fica muito humilhado quando acontecem essas crises, na frente de todo o mundo. Volte amanhã... Amanhã, ele já vai estar melhor.

A caminho de casa, Juca se viu rezando... para ter uma ideia de alguma coisa ou para que algo acontecesse, que pudesse dar ânimo a Machado...

E se soubesse que suas orações seriam tão esplendidamente atendidas, talvez, cedendo ao seu tino comercial, tivesse encaixado outros pedidos, de contrapeso, porque, no dia seguinte, mais ou menos na hora em que Juca costumava trocar a caixa de engraxate pelo cesto de carregar compras, deu com uma assombração, caminhando para ele.

O susto fez o garoto perder o compasso da respiração. E teve certeza de que teria ou saído correndo ou caído duro no chão, se a sua impressão se confirmasse, e o homenzarrão, vestido com roupas escuras e elegantes, até mesmo com bengala e cartola novos, houvesse de fato vindo falar com ele. A bem da verdade, teve a sensação de que, com o rabo do olho, ele o reconhecera. E que mesmo se detivera por um par de segundos, decidindo-se se deveria ou não interpelá-lo. Mas, depois, desviou-se, e entrou de vez no Largo.

Renascido da tumba, o Matacavalos distribuía cumprimentos. Muito sorridente, tinha excelente aparência — totalmente diferente daquele jeito desleixado, e mesmo sujo, de quando Juca o vira nas últimas vezes.

O garoto demorou muito a se recuperar. E, contrariando suas regras mais rigorosas, abandonou a *loja* e ia subindo em disparada a Rua das Laranjeiras. Mas, logo a seguir, brecou.

— Ainda assim é pouco! — refletiu em voz alta, como se dirigisse um comentário a alguém, do seu lado. — É de deixar o queixo cair, mas o sujeito só apareceu de novo. E daí? É pouco...

E retornou ao seu ponto, já caraminholando um plano, uma armadilha para o Matacavalos, algo que lhe provocasse alguma reação... que, por sua vez, despertasse de novo o interesse de Machado pela investigação.

24 Seja cão!

Naquela noite de lua nova, em sua passagem pelo quarto do escritor, Juca prometeu-lhe:

— Amanhã, teremos novidades, Sr. Presidente.

— Sobre...? — Machado dignou-se a abrir somente um olho inteiramente, e cravou-o em Juca, inquirindo-o.

— Ora, nosso caso.

— Ah... Já disse que chega dessa bobagem.

— Mas é que o senhor não sabe o que aconteceu hoje de manhã.

— Nem quero saber.

— Ia querer, sim...

Com alguma dificuldade, Machado virou-se para o lado, dando as costas para Juca, e encerrando a visita. O garoto não chegou a se aborrecer. Soltou seu boa-noite, um tanto mais apressado do que de costume, e logo estava descendo a Rua Cosme Velho, depois a Laranjeiras. Havia uma claridade saindo de uma das janelas de cima do sobrado do Matacavalos. Por um instante, Juca vacilou. Era como se a casa, com um único olho fantasmagórico, estivesse acompanhando seus movimentos. E Juca sabia quem estava dentro daquele olho. Lembrou-se de seu pesadelo, do facão gotejando sangue, do machado.

Um arrepio o fez olhar em volta. Tinha a nítida impressão de estar sendo observado. Mas a escuridão da rua não o deixava ver coisa alguma, além de uns poucos metros ao redor do poste.

O papel era de embrulho, e a mensagem fora rabiscada com um carvão, mas o envelope, exageradamente grande para o pouco bilhete que continha, fora comprado num ambulante — e, nisso, Juca gastara outra de suas preciosas moedinhas. Naturalmente, lamentara a despesa e, na hora, chegou a pensar algo como: "assim, vou à falência".

Novamente, aquela sensação de que havia algum vivente às suas costas. Pensou em correr, mas ficou. Examinou as penumbras... Mais uma vez, nada que pudesse distinguir. Então, enfiando a mão por entre as barras do portão, deslocou a trava e esgueirou-se, entrando na chácara da casa.

O garoto correu até a casuarina, escondendo-se atrás do tronco grosso. Dali, observou novamente a casa, a janela, a luz acesa, a porta da frente. Nova corrida sorrateira, protegido da pouca luz que chegava ao terreno, e alcançou a porta. Enfiou o envelope pela fresta da porta e...

"E agora...?", pensou, retornando para a casuarina. "Como vou ter o que contar para o Presidente, se não vir a reação dele?"

Certamente, sabia que o mais seguro seria deixar ali o envelope e bater em retirada. E que o veneno agisse por si. Mas...

Era o impasse. A porta não adivinhava que precisava se abrir, ele não se resolvia a tomar providências para alertá-la do que precisava fazer...

Então, um contato frio ("Um defunto!", gritou internamente seu estômago para o coração, que respondeu disparando a bater) tocou-o exatamente na nuca. Dois impulsos simultâneos. O de pular de lado, de nojo e pavor, e o de desmaiar ali mesmo, sem mover um músculo que fosse. Um impulso anulou o outro. Nem por isso, atreveu-se a abrir os olhos, muito menos a voltar-se. Às suas costas, um rosnado, muito, muito baixo, quase um cochicho — e Juca arregalou os olhos, virou-se, deu de cara com o focinho molhado que roçara em sua nuca, adivinhou-lhe o dono antes mesmo de ver por inteiro o cão de pêlo cor de chumbo, malhado de preto, que o fitava com ares inteligentes.

— Quincas? — murmurou Juca.

O cachorro soltou um latido curto e contido. Mesmo assim, Juca voltou-se para a casa, preocupado. Nada parecia ter se movido, ali dentro. A mesma luz, na mesma janela.

— Quincas... É isso! — animou-se Juca.

Acabara de ter uma ideia. De dia, em pleno Largo do Machado, Juca jamais teria coragem de pôr-se a explicar ao cachorro o que queria que ele fizesse. Mas ali, tarde da noite, e em território inimigo, além de tudo um lugar tão povoado de sugestões, ele o fez. E considerou acordo tácito entre ambos que, caso se encontrassem, em outra situação, ou seja, na presença de testemunhas, fingiriam que não se conheciam.

Poucos minutos depois, o cachorro estava raspando a porta da frente da casa do Matacavalos com a pata, e latindo furiosamente. De seu esconderijo, na casuarina, Juca observou quando a porta foi escancarada, iluminando o enorme vulto, que apareceu gritando:

— Você de novo, cachorro do inferno! Como passou pelo portão?

Juca confirmou que Matacavalos e Quincas já haviam tido lá seus atritos. Brandindo ameaçadoramente uma bengala, Matacavalos saiu em perseguição ao cachorro, que disparou para a rua. O grandalhão examinou o portão por segundos. Finalmente, fechou-o e desceu novamente a trava. Voltou pisando pesado. Deteve-se novamente, e justamente nas redondezas da casuarina. O suor frio escorria à vontade pelas costas de Juca, que colou-se ao tronco, como uma bromélia.

No entanto, logo Matacavalos encaminhava-se para a porta. Parou, então, na soleira, olhando para baixo. O coração de Juca continuava disparado. As têmporas do garoto latejavam quase dolorosamente, e Matacavalos já rasgava sem modos o envelope, puxava o papel de embrulho, arregalava os olhos...

No bilhete, Juca escrevera: "Sabemos o que fez com D. Malu! O senhor não escapa!".

Matacavalos amassou o papel, correu de volta até o portão de ferro e começou a sacudi-lo, berrando para a rua:

— Quem são vocês? O que estão querendo de mim?

A fúria do homem era tanta, que Juca encolheu-se

— e chegou a pensar que ele arrancaria o portão dos gonzos. Finalmente, ele parou, bufando, e voltou atrás em seus passos. Não quis entrar na casa. Fechou a porta e, do jeito que estava, de bengala, mas sem casaca, saiu à rua. Ficou indeciso se subia ou descia a Rua das Laranjeiras — indício, para Juca, de que saía apenas a passeio, para respirar um pouco. Juca deslizara até o portão e observava Matacavalos. Também teve dúvidas se devia segui-lo. Decidiu ficar.

Mal Matacavalos desapareceu na escuridão da rua, Juca avistou Quincas retornando ao seu encontro.

— Agora, vou precisar do seu lado mais cachorro mesmo, amigo. Pode ser?

Quincas o olhou desconfiado...

— Não fique ofendido. Sabe aquela coisa que vivem dizendo para a gente, *seja homem!*, não sabe? Aqui, no seu caso, é *seja cão!*

Empinando o focinho com toda dignidade, Quincas parecia desconhecer o que o garoto lhe dizia. A aflição de Juca crescia.

— Você tem que usar seu faro e encontrar o facão... Pode também ser um machado... Mas tem sangue nele. Talvez esteja enterrado por aqui. Ou nos fundos, mais provavelmente.

Quincas soltou um rosnado, misto de zanga e de conformismo, e entrou novamente na chácara, trotando sem se deter por coisa alguma. Seguia direto para a parte de trás da casa.

Lá chegaram, e Quincas parou, voltando-se para Juca, como se lhe pedisse instruções.

— Mas você é que tem que saber o que fazer. Fareje! Cave em algum lugar... Vamos, ora! O cachorro aqui é você!

Quincas ganiu, como se tivessem pisado na sua pata. Mas se resolveu a pôr o focinho em ação. Virou-o para um lado e outro e, finalmente, mais para dentro do terreno, ao fundo, começou a cavar. Juca agachou-se. As patas do cachorro faziam o trabalho tão lentamente que ele começou a ajudá-lo, cavando com as mãos. Quincas soltou um latido curto. Debochado.

— Sim, sim, já sei. Você não é o único que escava o solo por aqui. E daí? Mas isso não me faz tão cachorro quanto você cisma de ser gente. Estamos numa emergência... Já está fundo esse buraco. Acho que você, de farejar pistas, não entende nada, seu Quincas!

Quincas não protestou. Mas, instantes depois, largava a escavação, com um abrir de mandíbulas entediado, o mais humano dos bocejos. Juca compreendeu que o esforço fora em vão.

— Não tem nada aí! — reclamou o garoto.

De repente, as orelhas de Quincas saltaram eretas.

— O que foi? — sussurrou Juca.

O cachorro tentou arrastar o garoto pela manga. E Juca enxergou o vulto correndo na direção deles. Quincas latiu, e uma pedrada acertou-o na testa, fazendo espirrar o sangue. O cachorro pareceu estonteado, sem ação. Com uma rapidez impensável para um homem tão grande, em um átimo Matacavalos estava junto deles. Com uma mão, suspendeu Juca no ar, enquanto a outra desferia duas bengaladas potentes e precisas na cabeça do cão.

Quincas soltou um ganido longo e doloroso, outro curto, e depois ficou imóvel, no chão.

Seguro a quase metro e meio de altura, Juca debatia-se. O grandalhão deu-lhe uma sacudidela que fez Juca sentir como se seu estômago, coração e outros órgãos tivessem se soltado e se revirado, lá por dentro. A dor no braço, pelo qual o homem o sustinha no alto, era muito forte. No desespero, Juca tentou atingi-lo com um pontapé. As pernas curtas do garoto não conseguiram mais do que raspar o ombro de Matacavalos que, mesmo assim, ficou enfurecido e soltou uma bofetada em Juca. O garoto sentiu uma zoada no lado do rosto atingido, depois, a dormência.

Juca começou a choramingar.

— Cala a boca, garoto maldito. Você tem umas coisas para me responder. Foi você que invadiu a minha casa, uma noite dessas, faz quase um mês, não foi? Vi as janelas abertas, o banco na porta de trás. Foi você, não foi? Por quê? E aquele bilhete... O que é que você sabe da minha mulher?

Juca não respondia. Apenas gemia e chorava. Matacavalos deu-lhe outra bofetada.

— Você vai responder — vociferou Matacavalos. — Ou vai apanhar e apanhar, até ficar como o seu amigo, estirado ali no chão.

E foi quando Matacavalos apontou para onde estava Quincas, com Juca acompanhando com os olhos o gesto da sua mão, que um sorriso brotou nos lábios do garoto. Matacavalos não entendeu, e voltou-se para o chão. Sobressaltou-se, ao perceber que não havia nada lá, nem cão, nem coisa alguma, iluminado pelas estrelas. A mão do homem continuava suspensa no ar, apontando para o nada, quando o rosnado, às suas costas, o fez largar o garoto. Juca rolou para o lado, mas a tempo de ver Quincas abocanhar a mão de Matacavalos.

O homem gritou, em agonia. O sangue dele misturou-se ao sangue que cobria o focinho do cachorro —

e Quincas, a mão de Matacavalos trincada ainda entre os dentes, sacudiu a cabeça de um lado para o outro, lacerando ainda mais a carne do homem. Matacavalos soltou um rugido rouco e começou a golpear Quincas. A essa altura, Juca já estava a boa distância e voltou-se para trás, chamando:

— Vem, Quincas! Vem!

O cachorro soltou imediatamente o homem, que caiu de joelhos, apertando a mão contra o peito, e disparou atrás do garoto. Os dois zuniram pelo portão e alcançaram a rua, depois o terreno baldio, onde se esconderam, deixando o silêncio da rua apagar suas pistas — isso se, de fato, tivessem quem os perseguisse... Então, Juca ouviu um ganido, atrás de si. As forças de Quincas haviam terminado. O ferimento em sua cabeça o fizera perder muito sangue. Juca abraçou-o, choroso.

— Por favor, você não vai morrer, vai?

Quincas gania, desconsolado. Mas não conseguia levantar-se. Ficou quieto, enfim, o nariz tremendo, os olhos fitando Juca, tristemente.

Juca aguçou os olhos e distinguiu mais à frente a tenda de Quincas e Simão. Correu até lá. Simão o recebeu de olhos arregalados.

— Ora, mas que prazer. É tarde para a sopa, mas...

— Por favor. Onde está o Quincas?

— Ora, vigiando a casa do Matacavalos, é claro.

— Não, o outro.

— Ah, este é imprevisível. Sabe-se lá, onde anda. Imagine que...

— Por favor... — E o desespero do garoto fez Simão silenciar-se. — O Quincas... o cão... Ele está muito machucado.

— Ora...

Com elegância, Simão ergueu-se. A seguir, acompanhou Juca, até onde estava o cachorro. Curvou-se junto a ele, examinou-lhe o ferimento, a língua, a temperatura do focinho, puxou a pálpebra inferior do cachorro para baixo, verificando o fundo branco.

— Mas quem teve coragem de fazer isso? Este mundo está mesmo cheio de malucos.

A seguir, pegou-o no colo e o foi levando para a tenda...

— Ele vai ficar bom! — disse, ternamente.

— Promete? — exclamou Juca.

— Mas claro... Eu sei cuidar de *gente* doente muito bem! — assegurou, deitando o cachorro no chão, e indo atrás de um vasilhame, para trazer água e lavar o ferimento de Quincas.

Por alguma razão, nem passou pela cabeça de Juca duvidar das alegadas habilidades de Simão. O garoto abraçou Quincas, sussurrando-lhe na orelha:

— Ficou feliz? Ele o chamou de gente... Mas para quem gosta de ser tratado assim, você foi um cachorro danado de bom, lá atrás, com o Matacavalos. Que mordida, hem?

Quincas latiu, orgulhoso.

25 Da crueldade da vida

Machado escutou o excitado relato de Juca sobre o que lhe ocorrera nessa nova incursão à casa do Matacavalos sem intervir uma única vez — nem ao menos para implicar ou para tentar confundir o garoto, como era seu hábito. Da porta, Carolina o observava, com as mãos na cintura...

Ao final, sem comentar nada, Machado pediu uma xícara de chá e respirou fundo, declarando-se cansado.

— Mas... Então?

— Então, o quê?

— O que o senhor acha?

— O *senhor* não acha coisa alguma — resmungou Machado. — E como, provavelmente, ficará inválido nesta cama, pelo resto dos seus dias miseráveis, gostaria de não ser mais incomodado com essas ninharias.

— Ninharias? Mas o homem ameaçou me matar.

— Tinha lá suas razões. Cada um nesta vida tem suas razões para ser cruel. E isso, sem se achar cruel. Porque a vida é cruel. Aprenda isso.

— Não aprendo mais nada com o senhor! — protestou Juca, saindo. — Quem é que quer aprender qualquer coisa com alguém tão chato?

— Ora, e o que é que você esperava? Que viesse me contar essas infantilidades e que eu resolvesse, por causa disso, pular da cama de camisolão, e sair saltitando pelo quarto? Tinha mesmo a pretensão de me devolver o... *gosto pela vida*? Mas que bisonho!

— Foi o senhor que começou essa história de investigação!

— Então, que esteja ela descomeçada a partir deste momento! Vá-se embora daqui!

Juca ainda cruzou na porta com Carolina, que trazia a xícara fumegante. Com dificuldade, o escritor ergueu-se um pouco, na cama. A esposa ajeitou o travesseiro, e ele recostou-se para beber seu chá. Carolina não tirava os olhos dele.

— O que foi? — grunhiu Machado.

— Nada! Por quê? — exclamou Carolina, ensaiando espanto.

Machado a olhou desconfiado, mas terminou de beber e limitou-se a passar-lhe de volta a xícara vazia. Carolina deu-lhe um beijo na face, desejaram-se boa noite, e ela saiu do quarto, para verificar o estado de espírito em que a ranzinzice de Machado deixara seu protegido. Encontrou Juca amuado num canto da cozinha, sentado no chão. Carolina não pôde conter o riso:

— Vocês dois se parecem! — ela disse.

Juca deu de ombros.

Na manhã seguinte, ao contrário do que vinha fazendo, Juca não passou pelo quarto de Machado para lhe dizer bom dia antes de sair para trabalhar. De fato, não esperou sequer por Carolina levantar-se e servir-lhe o dejejum. Deixou a casa quando o sol ainda coloria o céu de um laranja avermelhado. E desceu a rua firmemente convencido de que deveria era "cuidar da própria vida", como sempre fez, em vez de ficar "me enrolando nas maluquices dos outros"...

Foi um dia bastante ocupado para Juca. Depois das engraxadas de hábito — fregueses que não dispensavam o bom trato que Juca dava aos seus calçados —, iniciou-se um intenso movimento no Largo, de gente que não acabava mais, circulando, fazendo suas compras. O garoto praticamente não parou no seu *ponto*. Nem bem chegava, já outro freguês o chamava.

Já na casa do Cosme Velho, Carolina deu pela falta de Juca assim que entrou na cozinha, onde o garoto costumava aguardar por ela. Soltou um suspiro, conformou-se, e foi levar o café da manhã para Machado. Assim que ela entrou no quarto, Machado percebeu a tristeza em seu rosto cheio. Mas tudo o que comentou, ao ver a bandeja, foi:

— Onde estão os jornais?

— Adivinha! — disse sem zanga, Carolina.

— Ora...

— Quem é que tem ido à rua, cedo, buscar os jornais do dia, toda manhã?

— Mas se aquele garoto já me encheu a paciência! — resmungou o escritor. — Eu aqui alquebrado, e ele querendo... sabe-se lá o quê!

— Então, fique sem seus jornais! — disse Carolina, sem rispidez, mas balançando a cabeça, meio por desconsolo, meio por falta de vontade de entrar na discussão para a qual Machado queria atraí-la. Foi tratar dos afazeres da casa.

Depois do almoço, já pelo meio da tarde, chegava o Conselheiro. Vinha fazer uma visita a Machado. Era dia da partida de xadrez entre os dois, que geralmente disputavam à noite. Mas desde que Machado caíra de cama, e precisando descansar, o Conselheiro passara a vir mais cedo. Só que não chegou pensando em jogo de xadrez nenhum, mas sim em transmitir a Machado informações que colhera...

— Algo que pode lhe interessar! — anunciou o Conselheiro.

— Por que deveria?

— Ora... É sobre aquele homem... O tal Matacavalos.

— Sim, e daí? — Machado bocejou.

— Bem... Um amigo e eu estávamos conversando ontem sobre assuntos variados. Ele falava sobre o Campos Salles, tentava louvar-lhe a administração. Sabe como são esses homens amalocados no governo, não sabe?

— Sei de sobra. Pode ir direto ao ponto, Conselheiro. Então, logo que seu *breve* relato terminar, quem sabe poderemos ainda disputar nosso xadrez. Tenho tido pouca distração, aqui, sem poder sair do quarto.

— Mas, eu pensei...

— Droga, diga...

— Bem, por acaso falei a esse homem que um amigo meu andava tendo suspeitas sobre um indivíduo que morava na Rua das Laranjeiras... Veja, aquela história toda que você criou a respeito impressionou-me mais do que imaginei. Passei os dias sem tirar o assunto da cabeça. Contei para muitas pessoas o caso, como uma curiosidade.

— Imagino... Como uma extravagância. Uma demonstração de senilidade. Riram-se muito, você e seus interlocutores?

— De jeito nenhum. E, de qualquer modo, não mencionei você. Mas, quando falei no nome do tal Matacavalos, esse meu amigo ficou sério.

— E por quê?

O Conselheiro não podia jurar, mas teve a forte impressão de que conseguira fisgar o escritor. Sentiu-se tentado a dar linha e voltas, a prolongar o prazer da captura. Mas, a seguir, decidiu que a pequena maldade seria por demais inadequada, dadas as circunstâncias. Assim, pensou, satisfeito consigo: "Você me deve este ato de clemência, Machado", e prosseguiu o relato, de forma abreviada.

— Bem, o homem está falido!

— Como?

— Falido... Meteu-se em importações. Comprou errado e vendeu pior ainda. Para renovar o estoque, hipotecou o patrimônio. Cometeu mais erros e perdeu a ambos.

— Essa informação é de fonte segura?

— Muito. O indivíduo com quem conversava sabe já de algumas ações contra o Matacavalos, títulos protestados, o de praxe. Você não falou que ele vinha se escondendo e evitando visitas? Deve estar com medo do oficial de justiça e dos credores. Ou melhor, devia ser isso.

— Devia? Não é mais?

— Isso foi o que intrigava meu interlocutor. Na última semana, Matacavalos reapareceu no Centro. Pagou as letras vencidas mais urgentes. Refez acordos. Anunciou a todos que consiguira se reerguer.

— Confere com o que veio me contar aquele garoto com quem a Carolina anda encantada — matutou Machado.

— Ah, sim...? Bem, o que corre é que ganhou uma herança inesperada! — brincou o Conselheiro.

— Ou então...?

— Ou então?

— Nada. Deve ser isso. Uma herança. Tudo explicado, e mistério nenhum.

— Só mais uma coisa... Meu informante insinuou que ninguém acredita de fato numa recuperação do Matacavalos. O homem cometeu verdadeiros desatinos nos negócios. Torce-se apenas que o que recebeu dê para não deixar nenhum credor sem o devido.

— Bem... Problemas deles! — encerrou Machado, de chofre. — Vamos ao xadrez?

O Conselheiro suspirou, frustrado. Esperava do amigo pelo menos um agradecimento pelas notícias trazidas. Ou outra história de Machado, tentando encaixar os novos fatos e rearrumar sua versão do caso... E tudo para que ele, o Conselheiro, pudesse desdenhar da aleatoriedade de sua imaginação. Prometeu a si mesmo vingar-se no xadrez. "Afinal", pensou, "um homem que, acamado, declara-se desinteressado da vida, não pode ter energias para lutar pelo controle de casas de um reles tabuleiro".

No entanto, a vitória de Machado, naquela tarde, foi o que se pode chamar de acachapante. Porém, ao invés de saboreá-la na expressão do rosto ou com alguma ironia proferida contra o Conselheiro, como de costume, desfechou o escritor, emburrado:

— Vê se quando voltar, na semana que vem, consegue ser melhor adversário. Assim, não tem graça!

26 O sonho de Carolina

Naquela noite, Juca não apareceu no Cosme Velho. E talvez por isso Carolina tenha decidido tomar alguma providência a respeito da recusa de Machado em deixar a cama e o quarto. Já fazia três semanas da crise e da queda. Sabia que o escritor ainda sentia dores, mas não tão fortes assim. Tinha certeza de que o problema era outro. De forma que, ao se deitar, deixou o lampião aceso, no criado-mudo, ao lado da cama. Para Machado, esse procedimento da mulher sempre significava um sinal de alerta. Assim, aguardou, e, com efeito, minutos depois, ela candidamente dizia...

— Não sei se lhe conto...

— Agora, tem de contar! — resmungou Machado.

— Mas vai aborrecer você.

— Mesmo assim... Para que me poupar? Pior do que tenho vivido...

— Bem... Foi apenas um sonho. Um sonho bobo, na sesta da tarde. Pensei que via...

— Quem? — irritou-se Machado, ciumento.

— Um personagem seu.

— Um personagem? Como você pode ver um personagem? Um personagem não existe.

— Ora, mas é que leio seus livros tantas e tantas vezes, e acabo conhecendo-os tanto...

— Mas daí a vê-los...

— Bem, disse que era um sonho bobo. Não conto mais.

— Carolina! — exasperou-se Machado. — Minha saúde não permite que eu me enerve, você sabe disso.

— Claro que sei. Mas se justamente quero evitar que isso aconteça, não contando o sonho com o Brás Cubas.

— Com... o Brás Cubas! Logo esse?

— Sim... E ele estava morto.

— Ele já surge morto, no livro. Conta as suas memórias, morto. Esse é o romance, as *Memórias póstumas*, um morto empulhando sua autobiografia. Como queria que ele lhe aparecesse?

— Sim, tinha o rosto tão pálido, mas, mesmo morto, você e ele disputavam uma partida de xadrez.

— Ora, xadrez... Com um morto?

— Mas se ele se torna autor de suas próprias memórias depois de morto, por que, morto, não pode jogar xadrez?

— Certo. Vamos acertar que, morto, ele poderá fazer de tudo. Aliás, um parvo, depois de morto, faz o que não teve coragem de fazer em vida. É assim que é. Portanto, jogávamos xadrez. Esse foi o seu sonho. Muito interessante.

— Só que...

— Sim...?

— Ele vencia a partida.

— Vencia?

— E começava a rir.

— Ria?

— Sim, e você ia se enfiar na cama. Cobria-se todo, escondia-se entre os lençóis. E ele, então, ria mais ainda.

— De mim! — concluiu Machado.

— Ora... Como eu disse, um sonho bobo. — E, apagando o lampião, deu-lhe um beijo na testa franzida, dizendo: — Boa noite!

— Boa noite! — falou, por entre dentes, Machado.

Mas, dez minutos mais tarde, depois de ficar rolando e revirando-se na cama, levantou-se resmungando que não conseguia dormir, e que preferia ir ler na sua biblioteca.

— Pelo menos lá, os mortos me respeitam! — grunhiu, batendo a porta do quarto.

A não ser para alguma necessidade, ou apenas para vestir-se, era a primeira vez que levantava-se do leito. E lá foi ele, apesar de meio cambaleante, amparando-se nas paredes, mostrando dores que ainda teimavam em comprimir aqui ou ali.

Carolina estremecia o colchão com sua risada silenciosa.

27 Na pista do baú

O garoto era aquele mesmo que terminou sua participação no capítulo 3 rindo de Juca, pelo calote que o garoto levara da cartomante. Por isso, quando veio se aproximando, Juca o encarou desconfiado. Ainda mais quando ele lhe disse:

— Se eu fosse você, sumia daqui!

— Aqui é minha loja! — protestou Juca.

Não era a primeira vez que alguém tentaria roubar o seu ponto. Mas Juca sempre encontrava uma freguesa ou freguês que o defendesse dos garotos maiores. Isso, quando não conseguia, de alguma forma, ele próprio enganar seus concorrentes. Houve uma ocasião em que um valentão quis expulsá-lo de debaixo da sua árvore. Uma roda de garotos se formou, esperando a briga.

— Você quer ficar aqui? Muito que bem... E eu vou para o seu ponto, que é muito melhor que o meu — disse Juca.

— Melhor?

— Claro. É onde todo mundo salta do bonde. A gente fica cercado de fregueses, até enjoar. Vamos fazer uma aposta... — desafiou Juca, em voz alta, aproveitando a plateia. — Você passa um dia aqui e eu um dia lá. De tardinha, quem tiver ganhado mais dinheiro, escolhe o ponto em que vai ficar. E fica com a féria do outro.

Sob a ameaça de desmoralização, o marmanjo não teve alternativa senão aceitar. Juca contava com seu talento especial para atrair os passantes, às vezes apenas com o olhar, e com a fidelidade de sua freguesia, que o procurava por ser sempre tão atencioso e despachado. E, naquele dia, em especial, superou-se.

Evidente que o seu ponto era muito melhor. Além da sombra da árvore, havia o fluxo de quem subia e descia a Laranjeiras, bem ali. Apesar disso, fechada as contas no final da tarde, Juca havia faturado bem mais do que o grandalhão, e recebera, fora os tostões ganhos pelo adversário, os aplausos do bando de garotos do Largo, reunidos para conferir o resultado da aposta. E, além de atender à sua freguesia de sempre, desfilara duas vezes carregando as compras para senhoras que costumavam usar o cesto do outro.

— Mas se lá é melhor, por que você quer voltar para cá? — indagou o derrotado.

— Ora, que graça tem ficar num ponto em que os fregueses caem no seu colo? Aqui é que eu provo que sou bom de verdade!

O garoto não entendeu bem a argumentação de Juca, sacada de improviso pela necessidade do momento. Mas se retirou conformado. Por essas e outras, portanto, ia se tornando cada vez mais raro alguém meter-se a tirar Juca de seu ponto. O risco para o bom nome do aventureiro era muito grande.

E essa não era, de fato, a intenção daquele garoto que viera dar-lhe o aviso.

— Um homem andou procurando por você, ontem. A sorte é que você estava fora, carregando compras. Falou comigo. Perguntou "pelo filho da Aurora". É você, não é?

— Sou eu mesmo. Mas o que é que tem? Não era um freguês?

— Não pareceu... Falei para ele deixar o nome, ou onde morava, que depois você dava um jeito de ir ao encontro dele. Não quis, respondeu irritado que eu não dissesse nada a você. Falou quase me ameaçando. Depois me contaram que já era a segunda vez que passava por aqui, perguntando a mesma coisa.

Juca teve um pressentimento:

— Como é que ele era?

— Grandão. Bem vestido. Zangado. Qual foi a confusão que você arrumou?

— Confusão nenhuma! — apressou-se a dizer o Juca. — Deve ser um freguês, só isso. Muito obrigado, assim mesmo.

O garoto foi embora cantarolando. Juca não o convencera, mas achava que não tinha mais nada que ver com o problema. O aviso estava dado, o outro que se cuidasse.

Juca apressou-se a catar sua caixa de engraxate e enfiá-la dentro do cesto. Sua primeira ideia fora correr para casa. E já ia vendo sua vida arruinada, acreditando que nunca mais poderia voltar. Olhou para trás só por um instante, para despedir-se de sua árvore, de sua loja. Quando virou-se de volta, o susto — a enorme figura de Matacavalos descia a Rua das Laranjeiras, quase chegando.

O garoto correu, enfiando-se por entre as pessoas. Na primeira oportunidade, Juca viu-se disparando Rua das Laranjeiras acima. Poucos minutos depois, entrava na Casa do Cosme Velho, pelos fundos, como de hábito. Seu coração palpitava tanto, que não conseguia pensar. Quando abriu a porta da cozinha, o que viu a sua frente o fez berrar.

— Tornei-me um fantasma, por acaso? — indagou-lhe Machado, olhando para ele azedamente.

Machado estava de pé, trajando sua roupa sisuda de costume.

— O senhor... O senhor... — gaguejou Juca, pálido.

— Estou vivo. E esperava por você.

— Por mim?

— Mas, claro. Vamos retomar a investigação.

— Vamos?

— Certamente.

— Quando foi que o senhor saiu da cama?

— Hoje cedo, ora, quando acordei.

— Não, quero dizer...

— Vamos, vamos. Estamos perdendo tempo com esses seus fricotes. Estou vivo, já disse. Sarei. É o que importa. Quanto à investigação...

— Não tem investigação nenhuma! — gritou Juca, no momento em que Carolina entrava na cozinha. — O Matacavalos está atrás de mim. Ele quer me matar!

Machado deteve-se um instante, investigando o semblante de Juca. E bastou isso para convencer-se de que o terror do garoto era genuíno. Fez, então, um sinal para Carolina, que acudiu o garoto. Rapidamente, Carolina deitou algumas gotas de sumo de maracujá num copo com água e açúcar e o serviu a Juca. Levou-o até uma cadeira, e o pôs para contar sua história. Ao final, ela comentou, severamente:

— Essa brincadeira está se tornando perigosa demais. Vocês não sabem com quem estão se metendo. Esse homem pode fazer mal a vocês dois!

Machado ruminou algumas ideias, por instantes. Por fim, disse:

— Bem, no momento, creio que basta o Juca não aparecer mais no Largo do Machado.

— Só isso!? — exclamou Juca, irritado. — Quer dizer que eu não trabalho mais?

— Mas é perigoso... — disse Carolina, apreensiva.

— É só uma solução para o momento — insistiu Machado. — Até termos condições de pegar o homem.

Carolina discordou.

— Agora, eu é que não quero saber de vocês metidos nisso. Machado, por favor...

— Só mais uma tentativa... Tenho certeza de que poderemos dar-lhe um golpe definitivo. Até mesmo tive uma ideia. E ele não vai saber que fomos nós... Pode ser a armadilha perfeita para ele perder o controle e cometer um erro, denunciar-se... E, quem sabe, Juca poderá voltar a trabalhar em paz.

Carolina saiu da cozinha balançando a cabeça, contrariada. Juca começava a interessar-se... Tanto que resolveu devolver a Machado seu título...

— O que é que a gente vai fazer, Sr. Presidente?

— Bem, temos pressionado Matacavalos e ele não vai nos contar coisa alguma, espontaneamente.

— Então?

— Mas existe alguém ainda que não foi entrevistado. Alguém que conhece a chave desse mistério. Na verdade, foi quem guardou o mistério, até agora.

— Quem? — perguntou Juca, debruçando-se sobre Machado, ansioso.

— Ora... O baú!

28 As forças sobrenaturais

No seu sobrado da Rua das Laranjeiras, Matacavalos andava de um lado para o outro na sala, nervosamente. Toda vez que as pernas lhe doíam, sentava-se, mas não conseguia parar quieto um segundo sequer.

"Amanhã, eu pego o desgraçadozinho!", prometia a si mesmo, torcendo as mãos, como se entre elas estivesse o pescoço de Juca.

Subitamente, deteve-se, apurou o ouvido. Havia alguém batendo palmas ao portão da casa. Logo a seguir, tocavam a sineta. Matacavalos amaldiçoou meio-mundo e foi atender.

Ao aproximar-se do portão, deu com aquela mulher de cabeleira desgrenhada e o colo coberto de estranhos colares. Parou desconfiado, sem levantar a trava.

— O que foi? — perguntou grosseiramente.

A cartomante abriu sua grande boca, num sorriso.

— Vim lhe trazer uma profecia!

— Não quero nada! Vá embora!

— Eu o vi hoje no Largo... Estava procurando por um garoto, não estava?

Se não houvesse o portão a separá-los, Matacavalos teria dado um pulo para cima da mulher.

— Sabe onde posso encontrá-lo? — inquiriu, abrindo o portão.

— Talvez... — respondeu a cartomante, brincando com seus colares.

— Pode dizer...

— Pode ser que eu diga. Mas quando o vi, hoje mais cedo, tive um pressentimento. E corri para casa para botar as cartas, mentalizando sua figura. As cartas me revelaram algo muito grave...

— Diga de uma vez! — vociferou Matacavalos.

— Você corre um grande perigo. O baú está para ser encontrado.

— O baú... Do que está falando, bruxa desgraçada?

Matacavalos tentou agarrá-la, mas a cartomante, com espantosa habilidade, colocou-se fora do seu alcance.

— Não me faça nenhum mal, ou as forças que me inspiram me vingarão. Vim apenas lhe trazer um aviso. O baú... Vá ver como está o baú.

— Isso é lá mensagem de cartas, sua embusteira?

— Pode parecer estranho... Mas você sabe do que estou falando, não sabe?

Matacavalos fez outra tentativa de segurá-la. Mas a cartomante arregaçou as saias e saiu gritando rua acima:

— O baú... Vá ver como está o baú!

— Volte aqui, sua miserável. E o garoto? — berrou Matacavalos.

Naquela hora, havia passantes transitando na Rua das Laranjeiras. E mesmo um bonde já chegava, guinchando sobre os trilhos. Algumas pessoas pararam, observando a cena. Matacavalos deteve-se, temendo o escândalo. A cartomante logo sumiu de suas vistas. Ele retornou para dentro de casa, tropeçando nas próprias pernas.

Minutos mais tarde, a cartomante encontrava-se com Machado e Juca, na porta do sobrado do escritor.

— E então? — indagou Machado, ansioso.

— O recado está dado.

— Mas qual foi a reação do homem?

— Reação? — reclamou a cartomante, buscando recuperar o fôlego. — Pensei que ele fosse me matar.

— Mas ele disse alguma coisa? — cortou Juca.

— Me disse uns bons xingamentos.

— Ora... — lamentou-se Juca. — Tudo por nada.

— De jeito nenhum! — objetou Machado. — Cabe agora ficar de olho no homem. Ele vai atrás do baú...

— O baú... — murmurou a cartomante...

O garoto e o escritor voltaram-se para ela e levaram um susto. Os olhos da cartomante estavam revirados para dentro. Seu rosto havia se tornado pálido como o de um cadáver. Um dedo seu, magro e trêmulo, apontava para os dois...

— Não é um baú... Não um baú, apenas... São quatro!

— Quatro? Do que... está falando, mulher? — gaguejou Machado, impressionado com a voz rouca e alterada da cartomante...

Tão repentinamente como iniciara, o transe cessou. O corpo inteiro da cartomante estremeceu e ela cambaleou...

— Meu Deus... — ela murmurou.

— Você está bem? — perguntou Juca.

— O que aconteceu? — indagou Machado.

— Vocês... me devem... mais dinheiro — disse a mulher.

— Você já foi paga! — protestou Machado.

— Paga para encenar uma farsa — disse a cartomante, recuperando-se. — Mas esta mensagem de agora foi verdadeira!

— Você disse... quatro baús? — estranhou Juca.

— Tolice — interveio Machado. — Apenas um baú foi retirado da casa naquela noite. Estamos... — E, lembrando-se que se referia a uma informação atribuída a um cão, Machado vacilou por um instante, trocou um olhar com Juca, quase pedindo a ele que não falasse sobre Quincas, qualquer dos dois, ali na frente da cartomante, e tudo em menos de dois segundos, antes de voltar à mulher. — Estamos praticamente certos a respeito disso.

— A mensagem tem uma assinatura, senhor! — justificou-se a cartomante. — Alguém chamado... Se entendi bem, alguém chamado Cubas. Brás Cubas. Conhece?

— Não! — respondeu de chofre Machado. — Essa pessoa não pode existir. A rigor, não é sequer uma... pessoa. É... É... — a gagueira começava a tornar-se incontrolável. Isso, mais o olhar de Juca, estranhando o transtorno que o nome lhe causara, fez Machado enfiar a mão no bolso e passar à cartomante mais três moedas. — Agora, vá embora! — ordenou Machado, abrupto. — Muito obrigado pelos seus serviços.

— Disponha — sorriu a cartomante. E afastou-se, balançando seus colares.

Mais tarde, à noite, na cadeira de balanço, Carolina procurou tranquilizar Machado sobre o episódio.

— Com certeza, ela leu o seu livro... E brincou com você.

— Pode ser... — assentiu Machado. Mas a solução de Carolina também o abalou. — Só que nunca em minha vida pensei ter uma pessoa tal, entre minhas leitoras. Quem sabe há algo de errado com o que eu escrevo?

29 O vexame do Conselheiro

Pela manhã, ficou decidido que Juca não iria para o Largo do Machado. Apesar do desgosto que isso lhe causava, era maior ainda o medo de cair nas mãos do Mata-cavalos. E, assim, o garoto resolveu visitar Quincas, o cão, para ver como ia se recuperando. Aproveitaria para levar o recado a Quincas, o filósofo, e a Simão, para redobrarem a vigilância sobre o suspeito.

Já Carolina, cheia de segredos, que quase deixaram Machado possesso, aprontou-se e disse que iria fazer uma visita. Machado protestou, reclamou, mas Carolina insistiu. Assim, o escritor, mal-humorado, recolheu-se à sua biblioteca. Ora rascunhava qualquer coisa, ora lia um trecho qualquer de um livro, mas não conseguia fixar-se em nada. Ficou muito surpreendido quando, já pelas dez horas, o Conselheiro apareceu.

Não era próprio do Conselheiro fazer visitas matinais, muito menos inesperadas. E o semblante desolado do homem logo fez Machado perceber que alguma coisa havia acontecido.

— Fui à polícia... — anunciou o Conselheiro.

— Fazer o quê, homem?

— Ora, um pedido de Carolina. Ela me mandou um bilhete, ontem. Não sabia?

Machado soltou um resmungo. E o Conselheiro começou a sentir-se constrangido. Mesmo assim, já que havia iniciado a conversa...

— Você já deve ter adivinhado o assunto?

— O Matacavalos... Mas, e aí?

— Tenho um amigo que trabalha junto com o chefe de polícia. Fui falar com ele. Contei todo o caso.

— E...?

— Bem... Ele foi muito delicado... Tratoume com atenção, ouviu tudo... Não tomou notas.

— Em suma, disse que estamos suspeitando à toa.

— Pior era o jeito com que me olhava...

— Como assim, Conselheiro?

O Conselheiro soltou um suspiro, fitou o teto, silenciosamente percorreu os livros com o olhar.

— Bem, como disse, ele me tratou com toda a cortesia. O que não o impediu de fazer insinuações.

— De que tipo?

— Que talvez estivéssemos nos preocupando por nada... Coisas para passar o tempo... Coisas da idade...

— Ele disse isso?

— De certa forma, disse. Mas tem razão. Desde que me aposentei, tenho tempo de sobra. Até mesmo para bancar o idiota.

— A polícia não presta para nada. O que eles não querem é ter trabalho.

— Não. Eu é que não tinha muita coisa para contar... Só dizer que um amigo meu achava isso... Que eu achava estranho aquilo...

Os dois encararam-se por um instante, gravemente. Finalmente, o Conselheiro tirou lá do fundo o que o estava incomodando mais.

— Eu me senti tratado como um velho, meu amigo. Um velho senil. E inútil. Saí de lá sem saber onde meter a cara.

Machado não respondeu. O Conselheiro balançou a cabeça devagar, sem olhar para nada nem querer dizer coisa alguma. Permaneceram por mais alguns instantes quietos, como estavam, apenas se olhando. Depois, Machado estendeu a mão, inclinou-se para frente e deu umas batidinhas no ombro do amigo. O Conselheiro sorriu.

30 Segredo de comadres

A governanta da casa foi buscar Aurora no lavadouro, nos fundos. A mãe de Juca estava estendendo as roupas que vinha lavando desde de manhã, bem cedo. O trabalho naquela enorme mansão não acabava nunca. No entanto, a governanta parecia bem mais intrigada do que aborrecida por estar a empregada interrompendo o serviço para atender a uma visita.

— É uma senhora que está lá na sala. Veio vê-la. Carolina de Assis — disse a governanta.

Muito envergonhada, como se estivesse fazendo uma coisa errada, Aurora enxugou as mãos no avental, o melhor que pôde, desarregaçou as mangas do uniforme doméstico e correu para a sala, sem levantar os olhos para a governanta, que a acompanhava.

Carolina a esperava sentada na beirada de um canapé que lhe haviam oferecido. Aurora parou diante dela e fez uma reverência rápida e muda. Carolina levantou-se, abraçou-a, e disse:

— Precisamos conversar, Aurora. É um prazer conhecer você.

Postada mais atrás, a governanta não perdia uma palavra, um detalhe. Carolina lamentou aquela intrusão. Mas estava em casa alheia, interrompendo a rotina. Considerava demais pedir para ficarem a sós. Havia pensado em esperar Aurora na saída do trabalho, mas já soubera que a hora em que a mulher largava o serviço era incerta, e não se via convencendo a Machado de que sairia, já anoitecendo, para ficar, até que horas não se sabe, na rua. Também não conseguia se ver entrando no cortiço em que viviam Aurora e Juca. Sim, havia coisas que a uma senhora, decididamente, não se era dado fazer, assim como, numa casa elegante como aquela, embora a houvessem convidado para sentar-se, nunca fariam o mesmo com Aurora. Portanto, conversariam de pé, em voz baixa. De toda forma, esperava ser breve.

— É sobre nossos homens... — disse Carolina. — Nossos homens, tão fortes, os dois, prontos para enfrentarem o mundo com seus sonhos...

Aurora sorriu:

— É bem o Juca... Ele sonha o tempo todo...

— Com a loja que terá um dia. Um bom sonho. Parece muito prático, muito pouco romântico, mas é um sonho, como todos. E ele tem tudo para realizá-lo... Se receber alguma ajuda.

Aurora voltou-se para Carolina, com os olhos arregalados.

— Mas vamos por partes... — pediu Carolina. — Seu filho e o meu marido estão metidos numa empreitada perigosa. São tolos, acham no fundo que nada os vai ferir. Mas eu sinto... que esse homem é capaz de muita coisa cruel.

— O Matacavalos... — sussurrou sobressaltada, Aurora. — Ah, sim... D. Carolina, minha patroa me fazia... confidências... Ele perdia a calma às vezes, ficava violento. Ela chegava a ter medo... de que ele a agredisse. Ou mesmo que... Coitadinha!

Aurora começou a chorar. As lágrimas corriam pelo seu rosto, os lábios tremiam. Carolina preocupava-se em que a governanta não reparasse, ou sabe-se lá o que a mulher poderia pensar e depois ir contar para a patroa... Aurora continuou.

— Tenho uma vela sempre acesa para que ela apareça de novo, a D. Malu, sã e salva. Mas estou perdendo as esperanças. São quase três meses. Ela era tão boa...

— Mas a outra vela, você já pode apagar — riu Carolina.

— Sabe dela?

— Juca me contou. Graça atendida, Aurora. Machado ontem levantou-se da cama e já saiu fazendo estripulias com o seu Juca. Graças a Deus!

As duas se persignaram.

— A senhora acha mesmo que o Juca corre perigo?

— E o Machado... Mas nós duas é que temos de colocar juízo neles. E, de quebra, dar um empurrão na vida do Juca. Andei fazendo umas averiguações, e tenho uma proposta. Mas vai exigir um sacrifício...

de nós duas... — Um suspiro escapou de Carolina, um suspiro profundo... — E ainda teremos de convencer o Juca, se você aceitar o que vou dizer. Aurora, pode guardar um segredo, por enquanto? Um segredo... de comadres?

— Sim, senhora! — exclamou Aurora, balançando a cabeça, olhos sempre arregalados.

— Então, vamos ver o que você acha...

31 E surge da noite...

Juca já conseguia achar a conversa entre Simão e Quincas divertida. Principalmente quando discutiam ao jeito deles, tão peculiar. Deitado ao seu lado, com uma bandagem em volta da cabeça, Quincas, o cão, também acompanhava a argumentação dos dois, parecendo vivamente interessado. Tanto que, vez por outra, emitia uma sequência de latidos, à guisa de comentário, ou mesmo um uivo, quando o rumo do debate exigia um pronunciamento mais enfático. Pelo menos, era assim que Quincas, o filósofo, interpretava as intervenções de Quincas, o cão; e Juca, até instintivamente, preferia não discordar. Alisava os pelos do cachorro, deixava o tempo passar.

Às vezes, é verdade, afligia-se. Não estava acostumado àquele ócio ao qual Simão e ambos os Quincas entregavam-se com espontânea exuberância. Ou melhor, que não tinham como ócio, porque, da feita que Juca caiu na besteira de comentar seu desconforto, replicou-lhe Quincas, o filósofo:

— Pelo contrário, meu amigo. Não estamos sem fazer nada. Estamos aqui preservando Humanitas. E isso é uma ocupação muito útil.

— Ocupação? Não sei... Não parece — estranhou o garoto.

— Por certo! — insistiu Quincas. — Humanitas não é inesgotável. Mesmo que outros continuem envolvidos na luta constante, Humanitas precisa daqueles que se retirem, momentaneamente, para que a porção de Humanitas que lhes cabe tenha como se regenerar. E, regenerando-se em partes, estarão regenerando-se no todo. O Juízo Final será quando Humanitas não dispuser mais quem lhe sirva dessa maneira. Quando não tiver mais quem se afaste, quem reflita sobre os desígnios e as realizações de Humanitas. Porque Humanitas não é só fome, é também digestão!

Quincas, o cão, soltou um longo uivo. Juca sentiu certa sonolência, mas não se atreveu a abrir um bocejo.

— Já eu diria de outra maneira — redarguiu Simão. — Na verdade, a questão é mais simples, mais terrena.

— E como diria você, bom amigo?

— Diria que aqui estamos preservando não Humanitas, mas o próprio ser humano. Pois se todos somos dados a cometer insanidades, e algumas tão brutais, melhor será que se revezem as pessoas nas ruas, e nos locais de trabalho, para que se possam fazer menos mal umas às outras. Ou melhor, enquanto umas fazem mal, outras estão de folga. E trocam os bandos de função, a cada dia. Ou a cada semana, quem sabe?

— E como ficamos nós, que já há tempos não trabalhamos na função de fazer o mal? — indagou Quincas. — Estamos sobrecarregando alguém... — imaginou.

— Deve ser o Matacavalos! — bradou Juca, que finalmente encontrou o que dizer, naquela conversa, contando, imediatamente a seguir, com um uivo de concordância de Quincas, o cão.

— Aí está! Somos privilegiados. Eleitos e elegidos. Alcançamos um plano acima do Bem e do Mal, da riqueza e da pobreza. E Humanitas nos premiou por isso. Aos vencedores, a sopa! Que por sinal, hoje, está deliciosa...

— Sem dúvida! — reforçou Simão.

E nem por um instante deram-se conta de que Juca já havia ido embora fazia tempo, evitando interrompê-los — se se deixassem, por acaso, interromperem-se — com despedidas. Alertado pelo azul já esmaecido do céu, Juca pôs-se de pé, deu um abraço em Quincas, o cão, e correu para a casa de Machado — sempre tomando o cuidado de pesquisar os arredores, para ver se o perigo estava à vista.

Mas ocorre que sua vigilância não foi aguçada o bastante. Ou o garoto distraiu-se quando, já quase em frente à casa de Machado, ia atravessando a rua, pensando ter alcançado a segurança. O fato é que não percebeu o vulto que espreitava sua chegada e que, com uma grande agilidade, apesar do seu tamanho, pulou de detrás de uma árvore e caiu sobre o garoto.

Juca abriu o berreiro. Debatia-se, inutilmente. Estava praticamente imobilizado pelos braços de Matacavalos, que tapou sua boca com a mão:

— E se me morder, como fez aquele seu cachorro, eu esgano você, peste. Bem que me disseram lá na praça que este escritor aqui é seu amigo... E só então lembrei de onde tinha visto aquele velho com quem você teve a ousadia de aparecer lá em casa. Agora, vamos sair daqui. Você tem muita explicação para me dar.

— Pelo contrário... Você é que tem explicações a dar!

Matacavalos sentiu um arrepio e voltou-se, bruscamente, com olhar feroz. Machado estava às costas dele, com a bengala em riste. Lá de seu jardim, onde passeava, havia escutado os primeiros gritos de Juca, e saíra.

— Você... Vocês dois! — vociferou Matacavalos. — Estão juntos nisso... Nessa conspiração para me tirar o juízo.

— Largue o garoto — exigiu Machado, apesar de estar começando a gaguejar. — Ou vai precisar dar sumiço em... nós... dois.

Juca, mesmo aterrorizado, percebeu o rosto vermelho de Machado, as órbitas de seus olhos se descontrolando. E temeu que a excitação do momento levasse o escritor a sofrer nova crise.

— O que vocês querem? — berrou Matacavalos. — Por que estão me atormentando?

— Só desejamos sua confissão..., assassino!

Matacavalos ficou pálido. Soltou Juca, atirando-o rudemente ao chão. O garoto gritou de dor, com o impacto, mas, às suas costas, mais assustador era o bufar raivoso de Matacavalos.

— Vocês estão doidos! — ele berrou. — E, voltando-se para Juca, com o dedo em riste, disse: — Sei onde você trabalha. Sei por onde você anda. E, se for preciso, vou descobrir também onde você mora. Suma da minha vida!

Dito isso, enroscou-se no capote preto e mergulhou na escuridão da rua. Já era noite. E uma insinuante lua cheia ocupava seu lugar no céu. Machado chegou junto a Juca, que choramingava, no chão, esfregando os braços, ainda com as marcas dos dedos de Matacavalos, e outras partes doloridas do corpo. Machado estendeu ao garoto a bengala. Juca apoiou-se nela e ergueu-se, lentamente.

Demorou alguns instantes até que o garoto parasse de tremer, e para que o rosto de Machado voltasse à cor normal. E só então entraram na casa.

32 De vintém em vintém

— Essa história já foi longe demais! — disse Carolina, ao ouvir o relato do que acontecera. E foi com uma firmeza que fez Machado baixar os olhos e Juca deixar os braços caírem ao longo do corpo. Carolina agachou-se junto ao garoto, alisou-lhe os cabelos e conduziu-o para dentro. Não desgrudou dele até vê-lo deitado. Depois fechou a porta com cuidado e retornou à sala.

Machado arriara-se na cadeira de balanço e praticamente não movera um músculo por todo o tempo em que Carolina estivera ausente. Fitava as sombras do teto... e pensava...

Carolina sentou-se a sua frente, quieta, aguardando até que ele tomasse a iniciativa de falar. Sabia que ele o faria. Finalmente...

— Você tem razão, Carolina. Não é um mundo que eu conheça. Não há um enredo, já rascunhado. Os personagens estão fora de controle. É tudo muito assustador. E a culpa é minha.

— Isso é o que menos importa, agora. Sei que a sua intenção foi boa... Foi por mim, não foi? Para ele ficar mais aqui, em casa.

Machado deu de ombros, empertigando-se. Retomou seus ares de costume e disse, desdenhoso:

— Eu me diverti, também!

— Eu sei... Eu vi... — replicou Carolina, zombeteira. — Agora, precisamos pensar no Juca. Estive conversando com a mãe dele, hoje de manhã.

— Hoje de manhã? — espantou-se Machado. — Era esse o seu segredo...

— Ora, grande segredo!

— E o que as duas andaram tramando?

— Uma coisa que vai servir para a proteção e para o futuro do Juca. Escrevi para um padre, amigo lá de minha família, que é diretor de um colégio no Rio Comprido. Contei como o Juca é esperto, como ele merece uma chance melhor na vida. Ele respondeu que o aceitariam no colégio. Nós pagaríamos, é claro. Aurora não pode arcar com essa despesa.

— Mas... — engasgou-se Machado.

— Ora, meu marido. Nunca soube que você era um sovina...

— Você fez tudo isso sem me contar nada?

— Mas se você só tinha cabeça para histórias de crimes e de assassinos...

— Um colégio no Rio Comprido? Um colégio interno?

Carolina assentiu, balançando a cabeça tristemente. A mão trêmula de Machado procurou a de Carolina. Os dedos se entrelaçaram com força. O escritor desviou o rosto, de forma que Carolina nunca soube se uma lágrima, naquele instante, de fato correu de seus olhos, ou não. E sua voz era hesitante, ao dizer:

— Mas... Você não vai sofrer? Não vai sentir... falta dele?

— Ele tem uma saída nos finais de semana... A mãe também vai sentir falta dele, mas...

— Ele vai é nos esquecer! — resmungou Machado.

— Vai ter uma educação. Uma oportunidade... Como você teve, meu querido!

Machado tomou um fôlego profundo e contraiu o rosto.

— Resta... convencê-lo — disse.

— Sei disso. Foi o que a Aurora e eu conversamos. Não vai ser fácil o Juca aceitar...

— Aceitar o quê? — a voz do menino fez Machado e Carolina se voltarem para a porta da sala. — Juca encarava os dois inquisitivamente. Não havia conseguido pegar no sono, daí, vestira-se novamente e deixara o quarto. No andar de baixo, vira a luz acesa na sala e chegara a tempo de escutar apenas a frase de Carolina. — O que é que vocês estão querendo me obrigar a aceitar?

Carolina e Machado trocaram um olhar. E Carolina fez menção de falar, mas Machado a interrompeu:

— A realidade, meu caro. Você não pode mais voltar ao Largo do Machado.

— Tudo por culpa do Matacavalos. Mas podemos ir à polícia! E mandar prender o sujeito!

— Não podemos, não... — retrucou Machado.

Rapidamente, ele contou a passagem do Conselheiro pelo escritório do Chefe de Polícia. E finalizou:

— O que temos é um homem que pode, ele, sim, fazer queixa contra nós. A casa dele foi invadida duas vezes. Ele pode até mostrar a mordida que levou na mão.

— E ele quase matou o Quincas! — indignou-se Juca.

— Ainda assim — considerou Machado. — Acabam dando razão a ele.

— Mas e a D. Malu? — insistiu Juca.

— D. Malu... Ele pode dizer que ela está em qualquer parte. E quem vai dizer que não está?

— E quem pode dizer que ele não está falando a verdade? — reforçou Carolina.

— Não está! — berrou Juca.

Machado levou as mãos para o alto; Carolina, aflita, ficou sem ação, diante do desespero de Juca.

— Quer dizer que vocês se cansaram da brincadeira, e só eu fiquei sem o que tinha. Logo eu, que não queria saber dos problemas de mais ninguém. Que só queria ter a minha loja. Vocês brincaram foi comigo. Vocês dois... são mais malvados do que o Matacavalos!

A expressão de ódio de Juca foi demais para Carolina suportar. Ela soltou um soluço magoado, e Machado voltou-se colérico para Juca:

— Encare os fatos, meu garoto. Você não tinha coisa alguma. Eu já fui muito pobre. Eu sei! De vintém em vintém, sabe onde você estará, daqui a dez anos? No mesmo lugar. Engraxando sapatos e carregando compras. Ninguém junta nada com um trabalho desses, menino. Essa sua loja... É uma tolice. Nunca! Nunca vai acontecer!

O rosto de Juca ardia, as lágrimas desciam, mais amargas do que ele jamais sentira na vida. Era tanta humilhação, que tudo o que lhe deu na cabeça foi escapar dali. Carolina ainda se levantou e chamou por ele. Foi em vão. Ela voltou-se para Machado que, a essa altura, gasta a sua raiva, afundava-se na cadeira, desconsolado.

— Precisava ter dito desse modo? Precisava? Há coisas que você simplesmente não sabe como são!

Carolina retirou-se para o quarto, chorando muito.

Na rua, Juca corria, só que sem saber para onde. De repente, viu-se em frente à casa do Matacavalos. O que fez foi sem pensar: catou todas as pedras que viu no chão, aos seus pés, e arremessou-as, uma a uma, por sobre o muro. Escutou-se um espatifar de vidros, depois outro, um terceiro, depois berros furiosos de dentro da casa. E então Juca retomou sua fuga.

33 Um chamado urgente

Fazendo lá seus cálculos, Juca concluía, sempre satisfeito, que o colégio não era tão ruim. Boa cama, boa comida e, além de tudo, havia ganhos íntimos. Ia aprendendo e começando a conhecer coisas, a saber de coisas que, com seu instinto prático, arrumava na cabeça dizendo: isso vai me servir para tal coisa, aquilo vai me servir para essa outra coisa. Era como se contasse as lições como antes contava as moedinhas em sua sacola entesourada. É verdade que os padres viviam atrás dele. Ao contrário dos outros garotos, todos bem-comportados filhos de boas famílias, duros de corpo e de imaginação, Juca tinha a capacidade de inventar peraltices que nunca antes, entre as paredes daquele internato, foram praticadas. A menor, talvez, fosse trazer das folgas de fim de semana doces feitos por sua mãe, que revendia com alto lucro para os demais garotos, disseminando o pecado da gula. Uma de porte médio, talvez, fosse escapar para o telhado do colégio e, depois de uma carreira pisoteando as telhas, empinar sua pipa, sempre nas cores negro e encarnado, gloriosamente. E os padres sobressaltavam-se só de pensar o que mais ele poderia inventar. Mas gostavam dele. Gostavam imensamente dele. Admiravam sua esperteza, a maneira como envolvia a todos os colegas, com suas histórias de garoto habituado à rua e à liberdade. Já haviam escutado a da cartomante? De como Juca costumava conseguir cerol para suas pipas? Do cachorro filósofo?... ("Com quem esse menino aprendeu a contar histórias tão bem assim? Como ele consegue tornar interessantes esses personagens sobre quem fala!")

Fazer sucesso agradava a Juca. E o estimulava. Tanto, que já não pensava em tornar-se proprietário de uma loja na Rua do Ouvidor, mas de uma cadeia delas, espalhadas pelos pontos mais elegantes da cidade.

Fazia sete meses, ou pouco menos, desde o desaparecimento de D. Malu. A vela esperançosa ainda ardia junto à bancada de Aurora, se bem que a mãe de Juca falasse cada vez menos na ex-patroa. Não que a tivesse esquecido — estava quase que conformada. Foi numa quarta-feira, então, que padre Justino, o diretor do colégio, veio procurar Juca. Não era fácil encontrá-lo quando não havia aula, mas o padre já andava escolado em descobrir os esconderijos do garoto. Até que não foi difícil, dessa vez. Valeu a primeira tentativa — a cozinha. O apetite de Juca e a amizade que conquistara do frade que cuidava da despensa faziam de lá um de seus recantos favoritos.

— Um chamado, Juca! — disse-lhe padre Justino, algo circunspecto. — Um chamado urgente lá do Cosme Velho. D. Carolina mandou pedir que o deixassem ir até lá imediatamente. — E, ao olhar preocupado de Juca, o padre pôde apenas responder. — Não sei do que se trata.

Juca tomou o bonde e hora e meia depois atravessava o portão do sobrado. Nunca mais conseguira passar por ali sem olhar para os lados, com uma sensação de perigo quase em seus calcanhares. Mas, dessa vez, havia mais a perturbá-lo — um chamado urgente; pensou logo em Machado, outra crise, talvez mais forte, ou quem sabe algo ainda mais grave.

Correu até a porta da cozinha, que encontrou encostada esperando por ele. Abriu-a, algo bruscamente. Carolina não estava lá — e isso preocupou-o mais ainda. Entrou pela casa chamando por ela. Finalmente, escutou vozes na sala.

Carolina levantou-se para abraçá-lo.

— O Presidente... — ia perguntando Juca. Mas não havia aflição no semblante de Carolina, e sim uma enorme excitação, em toda ela, aliás.

— Você não pode nem imaginar, Juca — disse Carolina. — Meu Deus, meu Deus!

Havia mais alguém na sala. Era uma moça elegantíssima — com roupas na última moda de Paris e um porte absolutamente dono de si. Parecia alguém que estava acostumada a atrair atenções, que sabia lidar com isso. Seu sorriso para Juca, como se o reconhecesse, deixou o garoto intrigado. Mas Juca passou apenas o olhar por ela, e depois voltou-se para Carolina.

— O que aconteceu?

— Mas não sabe quem é esta?

A moça continuava a sorrir, agora muito divertida, com a estranheza do garoto. De repente, algo nos olhos dela, talvez um traço ou outro no rosto, e foi como se só a enxergasse naquele momento. Juca precisou sentar-se, de tão surpreso:

— D. Malu! — exclamou.

E a moça levantou-se — quase pulou de pé, na verdade — e veio abraçá-lo, muito emocionada.

— Sim, sou eu! Bem que me disseram que o filho da minha querida Aurora tinha amigos nesta casa. E eu a tenho procurado tanto, desde que retornei de viagem, que saudades dela. Foi tão boa para mim. Oh, meu Deus... Você está um rapaz. E me lembro tão bem de você, todo encolhido, quando o via, às vezes, com a Aurora. Parece que faz tanto tempo. Sou eu, sim, Juca. Pode acreditar.

34 Um velho esquisito

Depois de ir avisar sua mãe, na mansão da Glória, da chegada de D. Malu, Juca quis passar em casa, na Estalagem São Romão, só para se dar o prazer de apagar a tal vela, junto à bancada, com a qual implicara por todos esses meses. Na verdade, imaginava até a mãe chegando, vendo a vela apagada — talvez mesmo a retirasse e desse sumiço no pratinho que a sustivera por todo esse tempo — e, sem desconfiar da peraltice do filho (que, obviamente, nem a avisaria, nem confessaria o ato), Aurora ficaria de joelhos, clamando por um milagre, e passaria a noite inteira rezando, agradecendo pela graça concedida.

No entanto, ao entrar em casa e deparar-se com a pequenina vela, lutando contra sobras de vento que às vezes escapuliam por entre uma ou outra fresta do telhado ou da janela, não teve coragem de assoprá-la. Que queimasse até o fim. D. Malu estava de volta, não estava? Viva e feliz, como a mãe pedira. Que a vela queimasse, en-

tão. E saiu apressado — havia prometido a D. Carolina que estaria no sobrado do Cosme Velho, na hora em que Machado avisara que chegaria, para lhe recontar a estranha história de D. Malu.

Tudo começara a acontecer naquela segunda-feira, em que D. Malu retivera Aurora até o cair da noite. Foi logo depois da saída da mãe do Juca que chegou à casa uma prima do marido; não gostava de Matacavalos, mas, por ser quase da mesma idade de D. Malu, simpatizava com ela e suspeitava das dificuldades que a moça vinha passando no casamento.

— D. Malu contou que o Matacavalos sempre teve um temperamento difícil — ia relatando Juca. — Mas, nas últimas semanas, piorara demais. Às vezes, chegava em casa, trancava-se no escritório, no escuro, e podia passar a noite inteira lá dentro, andando de um lado para o outro. D. Malu escutava suas passadas ou quando ele resmungava. Subitamente, mesmo no meio da madrugada, ou de manhã, irrompia lá de dentro aos berros e entrava no quarto, culpando-a, sem ela saber do quê.

— Era a falência que o atormentava — comentou Machado.

— Mas precisava assustar desse jeito a coitadinha? — retrucou Carolina.

— Ora, eu não estou dizendo que tivesse justificativa para proceder assim, mas...

— Posso continuar? — protestou Juca.

Machado soltou um muxoxo, Carolina sorriu, e Juca tomou novo fôlego para prosseguir com a história.

— Então, essa prima veio convidar D. Malu para que a acompanhasse numa viagem à Europa. Tudo de última hora. Na verdade, estava previsto ir com a tal prima uma amiga que adoecera dois dias antes do embarque. D. Malu mal teve coragem de fazer o pedido ao marido, mas, para sua surpresa, ele concordou, ainda mais quando soube que a prima ia pagar todas as despesas. Mas Matacavalos exigiu certas condições...

— Que condições? — interessou-se Machado.

— Meu querido, paciência... O Juca já ia mesmo contar.

Outro muxoxo de Machado e, dessa vez, a risadinha foi de Juca:

— Havia duas... O navio zarparia na manhã seguinte. Mas Matacavalos exigiu que D. Malu arrumasse suas coisas imediatamente e que fosse em seguida para a casa da prima, onde passaria a noite. Já era bem tarde quando D. Malu deixou o sobrado. Na hora, não entendeu o motivo.

— Ora... — ironizou Machado. — Muito fácil. Matacavalos não queria que os vizinhos a vissem saindo, com bagagens, e que depois ficassem comentando. O homem estava sendo perseguido por credores, que ficariam ainda mais atrevidos se pensassem que ele estava custeando uma viagem da mulher à Europa.

— E aí é que entra o baú...

— O baú? — interrompeu de novo Machado, enfrentando o olhar de repreensão de Carolina.

— D. Malu tomou um coche alugado para a casa da prima. O baú, com as roupas e pertences dela, foi transportado de madrugada, numa carroça, direto para o porto.

— E nós pensando... — ia dizendo Machado. Mas Juca cortou-o sozinho, dessa vez.

— E havia a segunda condição... Matacavalos deu papéis para D. Malu assinar. Eram procurações. Com elas, ele vendeu uma casa e alguns terrenos da mulher. D. Malu disse que não valiam muito, e que ele demorou a conseguir vendê-las. Precisou sair do Rio, por uns dias. Vendeu tudo a alguém de fora da cidade, que ainda pagou barato. Mas, pelo que entendi, foi com esse dinheiro que o Matacavalos saiu da toca e se livrou de algumas das suas dívidas.

— Ele roubou a pobre! — enfatizou Carolina, indignada. — E devia estar pensando que vocês dois descobriram o golpe, sabe-se lá como... Consciência culpada faz qualquer um sentir-se perseguido!

— D. Malu estava tão assustada que, na ocasião, concordou com tudo o que ele exigiu — explicou Juca. — E ficou na Europa, todo esse tempo, sem saber de nada do que acontecia aqui.

— Mas... — preocupou-se Machado. — Espero que vocês não tenham contado a ela que...

— Que o grande escritor Machado de Assis inventou toda uma história de assassinato sobre o sumiço dela? — debochou Carolina. — De jeito nenhum. Para que impressionar ainda mais a moça?

— Na volta — retomou Juca — D. Malu encontrou o marido de novo sem um tostão. E ele acabou confessando o que fez.

— Ela deve ter ficado muito chocada — comentou Machado.

— Engano seu, meu marido... Vê como não conhece as gentes tanto assim? Pelo menos, não as mulheres.

— Como? — estranhou Machado.

— Ela simplesmente lhe disse: "Meu prezado marido, pena que não tenha sido sincero, antes, comigo. Se eu soubesse de suas dificuldades... Veja só. Levei um baú com minhas coisas, e trouxe quatro, cheios de compras. Aqui estão as contas". E disse ainda, entregando-lhe um maço de faturas: "Foram todas tiradas no seu nome! Sabendo que sou sua esposa, o banco que representa seus interesses em Lisboa e Paris não me negou crédito. Mas a cobrança não demora. Dê um jeito de pagar tudo".

O rosto de Carolina era só satisfação. Machado a encarou por alguns instantes, sobrancelha erguida, surpreso. Mas não se deu por vencido.

— Bem, quem sabe ele a mata agora, então?

— Machado! — repreendeu-o Carolina.

— Eu duvido, Presidente! — interveio Juca, excitado. — Eles vão vender o sobrado da Rua das Laranjeiras. D. Malu exigiu isso para recuperar o que ele lhe tirou, ou então poria advogados em cima do marido. Depois de pagas todas as dívidas, não vai sobrar quase nada. Mas ela já tem tudo planejado. Vão se mudar para o interior, onde a família de D. Malu prometeu arranjar uma colocação para Matacavalos num dos negócios que possuem. Gerente de algum empório, deve ser isso. Ele não tem alternativa. E D. Malu não está mais preocupada com o temperamento do Matacavalos. Ela disse: "Lá, tenho um pai mais brabo do que ele e cinco irmãos para se preocuparem com isso por mim...". Fim da história... E do mistério.

— Foi criança e voltou uma senhora! Ah, os ares da Europa... — suspirou Carolina, exultante.

— ... Ou as distâncias do marido! — arrematou Machado. Mas se deteve, cofiou a barba, fitou o teto... — Fim do mistério, você diz... Mas quantos baús foram mesmo que D. Malu contou ter trazido? — perguntou, aparentando perturbação.

— Quatro... — respondeu Juca, sem entender ou sem se lembrar...

Machado assentiu com um gesto. Estava silencioso, o semblante taciturno...

— O que foi Machado? — perguntou Carolina.

— Quatro baús... E foram quatro baús que a cartomante nos predisse. E isso contado a ela pelo...

— Ora, meu marido. Mais histórias? E por causa de uma coincidência tola.

— Mas que coincidência? E, como, tola?

— Ela tem razão, Presidente! — divertiu-se Juca.

— Pronto! — exasperou-se Machado. — Estou perdido, agora. Pois se o agregado da casa não me dá razão...

— Não precisa ofender — chateou-se Juca. — É que andei lendo alguns dos seus livros no colégio.

— Lendo meus livros? Com que direito? — vociferou Machado, erguendo-se da cadeira. — Logo você...?

— Quer saber? — replicou Juca, também irritado. — Você não passa de um velho que escreve de um jeito esquisito.

Carolina temeu, mudamente, pelo desfecho da cena. Machado e Juca, ambos de pé, um com o dedo em riste para o outro, enfrentaram-se por alguns instantes com um olhar carregado.

— Um velho que escreve de um jeito esquisito, não é? Carolina! — chamou Machado, ainda com voz alterada. — Você também me acha esquisito?

— Bem, francamente, às vezes... Faltou coragem a Carolina para continuar.

Machado e Juca não se moviam nem por milímetros. Carolina já não sabia o que fazer, quando, de repente, algo no rosto de Machado chamou-lhe a atenção. Um descontrair do cenho, um lento abrir da boca. As maçãs do rosto dele se tornaram mais salientes, e até a barba, naquele instante, perdeu a gravidade. E então Carolina deu-se conta de que o que estava vendo era um sorriso. Um sorriso bem aberto e prazeroso, no rosto do escritor.

— Um velho esquisito. É isso mesmo que eu sou! Isso mesmo! — comemorava Machado, como se a expressão fosse um achado. E rindo mais ainda e sentando-se de volta, deixando Juca de pé, ainda em guarda e desconcertado, ele repetiu de boca cheia: — Eu sou um velho esquisito! E que escreve coisas esquisitas! Isso é perfeito... E sabe do que mais, Juca? Sabe, Carolina... — falou, como se os preparasse para uma tirada:

— A vida é boa!

Quando era garoto, adorava ler. Era o momento em que eu, que vivia falando sozinho (quando ninguém estava por perto), podia, afinal, conversar com alguém que me entendesse — os personagens dos livros e suas histórias. Mas daí a virar escritor é uma grande distância.

É... Sabem o que faz um cara solto por aí pela vida virar escritor? Fácil! Lê Machado de Assis. Ou melhor, alguns deles, qualquer um, os contos, os romances... Basta isso para o sujeito ficar com a pulga atrás da orelha.

Meus primeiros Machado de Assis não foram fáceis. Estranhava a linguagem, as imensas diferenças culturais da época — em *Dom Casmurro*, a mamãezinha do Bentinho, assim que ele nasceu, cismou que o garoto tinha de ser padre! E não é que ele, já com 15 anos, não ousava confessar que o seu negócio era mesmo a Capitu, não a batina?!

Hoje, sou fascinado pelos romances e contos de Machado de Assis. Não encontrei nenhum outro autor na literatura mundial que se dedicasse com tanta persistência, eficácia e, claro, ternura, a devassar e explicar a alma humana. É o que me leva a crer que Machado, por trás do jeito sisudo que seus biógrafos contam que ele tinha, adorava gente. Seus livros são sobre isso: gente!

Daí a colocar um Machado em cena, em ritmo de mistério e aventura, foi um pulo. E é por isso que vocês têm este livro em suas mãos, agora... Porque eu amo Machado de Assis, porque gosto de viver num mundo onde a gente pode ler Machado de Assis.

Sou aquariano, de 11 de fevereiro de 1955. Mestre em Literatura Brasileira pela PUC-RJ, vivo mesmo é de escrever. Pela Saraiva, publiquei a novela romântica *A garota e o roqueiro* (esgotado), *Cérbero, o navio do inferno*, uma história de piratas, e *O cavaleiro das palavras*, um livro que dá voz a um dicionário.

Se você quiser conhecer mais sobre o meu trabalho, ou mesmo se desejar bater um papo comigo, convido-o a visitar a minha *homepage* — www.luizantonioaguiar.com.br. Tchau!

Luiz Antonio Aguiar

COLEÇÃO JABUTI

4 Ases & 1 Curinga
Adeus, escola ▼◆🗐☒
Adivinhador, O
Amazônia
Anjos do mar
Aprendendo a viver ◆⌘■
Aqui dentro há um longe imenso
Artista na ponte num dia de chuva e neblina, O ✻★⌗
Aventura na França
Awankana ✎☆⌗
Baleias não dizem adeus ✻🕮⌗○
Bilhetinhos ✪
Blog da Marina, O ⌗✎
Boa de garfo e outros contos ◆✎⌘⌗
Bonequeiro de sucata, O
Borboletas na chuva
Botão grená, O ▼✎
Braçoabraço ▼⚐
Caderno de segredos ❑◎✎🕮⌗○
Carrego no peito
Carta do pirata francês, A ✎
Casa de Hans Kunst, A
Cavaleiro das palavras, O ★
Cérbero, o navio do inferno 🕮☑⌗
Charadas para qualquer Sherlock
Chico, Edu e o nono ano
Clube dos Leitores de Histórias Tristes ✎
Com o coração do outro lado do mundo ■
Conquista da vida, A
Contos caipiras
Da costa do ouro ▲⌗○
Da matéria dos sonhos 🕮☑⌗
De Paris, com amor ❑◎★🕮⌘☒⌗
De sonhar também se vive...
Debaixo da ingazeira da praça
Delicadezas do espanto ✪
Desafio nas missões
Desafios do rebelde, Os
Desprezados F. C.
Deusa da minha rua, A 🕮⌗○
Devezenquandário de Leila Rosa Canguçu ✈
Dúvidas, segredos e descobertas
É tudo mentira
Enigma dos chimpanzés, O
Enquanto meu amor não vem ●✎⌗
Escandaloso teatro das virtudes, O ✈☺
Espelho maldito ▼✎⌘

Estava nascendo o dia em que conheceriam o mar
Estranho doutor Pimenta, O
Face oculta, A
Fantasmas ⌗
Fantasmas da rua do Canto, Os ✎
Firme como boia ▼⌗○
Florestania ✎
Furo de reportagem ❑✪◎🕮⚐⌗
Futuro feito à mão
Goleiro Leleta, O ▲
Guerra das sabidas contra os atletas vagais, A ✎
Hipergame ☙🕮⌗
História de Lalo, A ⌘
Histórias do mundo que se foi ▲✎✪
Homem que não teimava, O ◎❑✪⚐○
Ilhados
Ingênuo? Nem tanto...
Jeitão da turma, O ✎○
Lelé da Cuca, detetive especial ☑✪
Leo na corda bamba
Lia e o sétimo ano ✎■
Liberdade virtual ✎
Lobo, lobão, lobisomem
Luana Carranca
Machado e Juca †▼●☛☑⌗
Mágica para cegos
Mariana e o lobo Mall 🕮⌗
Márika e o oitavo ano ■
Marília, mar e ilha 🗐✍✎
Mataram nosso zagueiro
Matéria de delicadeza ✎☛⌗
Melhores dias virão
Memórias mal-assombradas de um fantasma canhoto
Menino e o mar, O ✎
Miguel e o sexto ano ✎
Minha querida filhinha
Miopia e outros contos insólitos
Mistério de Ícaro, O ✪⚐
Mistério mora ao lado, O ▼✪
Mochila, A
Motorista que contava assustadoras histórias de amor, O ▼●🗐⌗
Muito além da imaginação
Na mesma sintonia ⌗■
Na trilha do mamute ■✎☛⌗
Não se esqueçam da rosa ♠⌗
Nos passos da dança
Oh, Coração!

Passado nas mãos de Sandra, O ▼◎⌗○
Perseguição
Porta a porta ■🗐❑◎✎⌘⌗
Porta do meu coração, A ◆⚐
Primavera pop! ✪🕮⚐
Primeiro amor
Que tal passar um ano num país estrangeiro?
Quero ser belo ☑
Redes solidárias ◎▲❑✎⚐⌗
Reportagem mortal
Riso da morte, O
romeu@julieta.com.br ❑🗐⌘⌗
Rua 46 †❑◎⌘⌗
Sabor de vitória 🗐⌗○
Saci à solta
Sardenta ☛🕮☑⌗
Savanas
Segredo de Estado ■☛
Sendo o que se é
Sete casos do detetive Xulé ■
Só entre nós – Abelardo e Heloísa 🗐■
Só não venha de calça branca
Sofia e outros contos ☺
Sol é testemunha, O
Sorveteria, A
Surpresas da vida
Táli ☺
Tanto faz
Tenemit, a flor de lótus
Tigre na caverna, O
Triângulo de fogo
Última flor de abril, A
Um anarquista no sótão
Um balão caindo perto de nós
Um dia de matar! ●
Um e-mail em vermelho
Um sopro de esperança
Um trem para outro (?) mundo ✖
Uma janela para o crime
Uma trama perfeita
Vampíria
Vera Lúcia, verdade e luz ❑◆◎⌗
Vida no escuro, A
Viva a poesia viva ●❑◎✎🕮⌗○
Viver melhor ❑◎⌗
Vô, cadê você?
Yakima, o menino-onça ♘☙○
Zero a zero

★ Prêmio Altamente Recomendável da FNLIJ
☆ Prêmio Jabuti
✻ Prêmio "João-de-Barro" (MG)
▲ Prêmio Adolfo Aizen - UBE
✍ Premiado na Bienal Nestlé de Literatura Brasileira
☛ Premiado na França e na Espanha
☺ Finalista do Prêmio Jabuti
♘ Recomendado pela FNLIJ
✖ Fundo Municipal de Educação - Petrópolis/RJ
✪ Fundação Luís Eduardo Magalhães

● CONAE-SP
⌗ Salão Capixaba-ES
▼ Secretaria Municipal de Educação (RJ)
■ Departamento de Bibliotecas Infantojuvenis da Secretaria Municipal da Cultura/SP
◆ Programa Uma Biblioteca em cada Município
❑ Programa Cantinho de Leitura (GO)
♠ Secretaria de Educação de MG/EJA - Ensino Fundamental
☛ Acervo Básico da FNLIJ
✈ Selecionado pela FNLIJ para a Feira de Bolonha

✎ Programa Nacional do Livro Didático
🕮 Programa Bibliotecas Escolares (MG)
☙ Programa Nacional de Salas de Leitur
🗐 Programa Cantinho de Leitura (MG)
◎ Programa de Bibliotecas das Escolas Estaduais (GO)
† Programa Biblioteca do Ensino Médio (PI
⌘ Secretaria Municipal de Educação/SP
☒ Programa "Fome de Saber", da Faap (SI
⚐ Secretaria de Educação e Cultura da Bahi
○ Secretaria de Educação e Cultura de Vitór